U0596515

JAN MORRIS
Thinking Again
A Thought Diary II

再度思考

简·莫里斯思想日记 II

〔英〕简·莫里斯　著

梁瀚杰　译

中国出版集团　东方出版中心

图书在版编目（CIP）数据

再度思考: 简·莫里斯思想日记. Ⅱ / (英) 简·
莫里斯著; 梁瀚杰译. 一上海: 东方出版中心,
2022.9

ISBN 978－7－5473－2026－6

Ⅰ.①再… Ⅱ.①简… ②梁… Ⅲ.①日记一作品集
一英国一现代 Ⅳ.①I561.65

中国版本图书馆 CIP 数据核字(2022)第 143960 号

THINKING AGAIN
Copyright © 2020 by Jan Morris
First published in 2020 by Faber & Faber Limited
Simplified Chinese translation copyright by Orient Publishing Center
All rights reserved.

上海市版权局著作权合同登记 图字： 09－2022－0605 号

再度思考： 简·莫里斯思想日记 Ⅱ

著　　者　〔英〕简·莫里斯
译　　者　梁瀚杰
策划／责编　戴欣倍
装帧设计　钟　颖

出版发行　东方出版中心有限公司
地　　址　上海市仙霞路 345 号
邮政编码　200336
电　　话　021－62417400
印　刷　者　上海盛通时代印刷有限公司

开　　本　710mm×1000mm　1/16
印　　张　14.75
字　　数　162 千字
版　　次　2022 年 9 月第 1 版
印　　次　2022 年 9 月第 1 次印刷
定　　价　60.00 元

版权所有　侵权必究
如图书有印装质量问题，请寄回本社出版部调换或拨打021－62597596联系。

简·莫里斯作品

《天堂的命令：帝国前行》

《大不列颠统治下的和平：帝国辉煌》

《永别了，小号：帝国撤退》

《从东海岸到西海岸》

《珠穆朗玛皇冠》

《威尼斯》

《牛津》

《谜题》

《的里雅斯特：无名之地的意义》

《威尔士作家之屋》

《作家的世界》

《欧洲：亲身旅行》

《甲肝病毒》

《捕鱼人的脸》

《目的地》

《威尼斯动物志》

《西班牙》

《城市之间》

《大港口》

《哈希姆诸王》

《香港》

《林肯》

《威尔士事务》

《曼哈顿,1945 年》

《塞琉西亚集市》

《南非的冬天》

《帝国的壮观景象》

《接触!》

《你好,生鱼片!》

《大和号战舰》

《心之眼》

· 本书脚注均为译者所注,特此说明。 ——编者

诚心诚意地献给所有人

第 1 天

就 此 别 过?

位于伦敦和纽约的出版社对我实在是很迁就,将我的第一批 188 篇日记结集出版了(《心之眼:简·莫里斯思想日记》)。那最后一篇日记,虽说总体上诙谐调侃,令人发噱,但结尾却带着一丝悲伤;我就想,我是不是应该就此搁笔了?

不过,我坚信,习惯的强大力量非人力可以抗衡;构思、写作这些小随笔,几乎成了我自然而然的行为,已经是我的诸多例行公事之一。我母亲是个虔诚的贵格会教徒,她绝不会在她的《圣经》上面再放一本书;至于我这个信奉不可知论的异教徒,有时候为了趋吉避凶,也会不由自主地敲敲木头(比如木质十字架)。我不知道其他人怎么样,但我在日常生活中必须遵从我的一些个人习惯,简直到了迷信的地步。

举几个例子吧:我每天上床之前,都要向我的伊丽莎白道一声晚安,翻开我最爱的《安娜·卡列尼娜》来温习一章,然后才关灯睡觉；不管烈日炎炎还是刮风下雨，我都要外出走一圈，权当每日锻炼，天气越差，我的决心就越强烈；要是在星期二的早餐中享用了专供星期三的橘酱，这可不是小事一桩，而是十恶不赦呢！

现在，创作我的思想日记也慢慢变成了我的习惯。这是我生活中的一段愉悦时光：它不是一种任务，连杂务都谈不上，只是每天兴致一上来，就花几分钟开心一下罢了。不论创作是否顺利（要是创作不顺利，我会马上意识到），我都呈现给读者（也呈现给自己）；虽然带着几许疑虑、一丝歉意，但每次完成日记都让我心中一阵窃喜，因为我知道，我的个人习惯又一次得到了彰扬。

所以，今天的日记就是这一篇。还没到再会的时候呢！

第2天

　　2018 年初春的几个星期，我感觉世界上的大部分人都陷入了一段漫长的混乱期，大家都不知所措，生活常规也被打乱了。冬季一结束，人类社会的所有困顿境况——从悲剧到闹剧，从无能到独裁，从犹豫到狂妄——轮番上演，让我们的生活窘迫不已。坏天气更是雪上加霜，世界各地出现了台风、山火和前所未有的暴雪，令学校停课、电力中断、火车停驶、飞机停航，融雪甚至造成了可怕的洪灾。大自然似乎已受够了人类的存在，正在对我们表达不满。

　　人类自身互相倾轧，则是这一切中最坏的部分。在这悲惨的几个星期中，从全世界不断传来腐败、暴行、屠杀、背叛、名声败坏和阴谋败露的消息。大家都不讲体面了吗？街坊邻居还值得信任吗？如果真有上帝，他到哪儿去了？我们不知道——我们哪会知道？而这就是问题所在。我们没有内心的坚守，没有可以信任的伟人，没有出路，没有目的地。

　　在这悲惨的一天，如果我老调重弹，说教一番，那我祈求读者的谅解。我想说的就是："善良"是所有美德中最便捷、最容易实行的，它能带领我们众人走出当前乱局，找到出路，抵达目的地。

第3天

　　今天一反常态，是个万里晴空、万物欢腾的日子，我来到附近的普尔赫利河畔走一千步，作为我的每日例行锻炼。这里停泊着上百艘游艇，在古时候，络绎不绝的商船扬起风帆，在这里来来往往。

　　这次散步用的背景音乐是乔治·M. 科汉[1] 1917 年为支持美国参加第一次世界大战而谱写的《在那边》，有的部分我用口哨吹出来，有的则是我哼给自己听的。《在那边》是一首很有精神的进行曲，歌词也充满了自信，毕竟那时候派驻海外的美国士兵都相信自己到哪儿都会受到欢迎，相信自己是为正义事业而战，相信科汉歌词中所唱的，"在那边……不成功便不还乡"。

　　在那边，在那边
　　美国佬就要抵港

1　乔治·M. 科汉（1878—1942），美国百老汇音乐家，曾创作著名的《胜利之歌》。

我们不成功

便不还乡！

　　科汉逝于 1942 年，他不知道他的进行曲如今只剩下反讽。我只能在心里默默唱响这首曲子，怀念一个曾经伟大的国家曾经有过的辉煌岁月。

第 4 天

对于死亡，我并无病态的迷恋，但我确实喜欢墓园和墓碑。很早以前，我就为我和伊丽莎白的合葬墓写好了碑文："这儿躺着两位朋友——简和伊丽莎白，她们来到了生命的终点。"这块墓碑已经刻好，正在楼梯下面静静等待；我们老宅下面的德威弗尔河里有一座小岛，这块墓碑终将被安置在那里，笑傲风雨，开裂、颓圮，最后湮灭无踪。

当然了，很多人因为宗教信仰不同，并不认同基督教的那一套灵车开道、花环送葬、牧师在墓地祈祷的葬礼方式。我家附近就有一处墓园，提供的是一套简单得多的葬礼仪式。这是一小片针叶林，在一条乡间小路边，乍看之下不像个圣礼场所，更别提墓园了。那天，我因为早有耳闻这是我心仪的墓园，所以初次拜访，可是看下来颇为失望，它给我的印象是阴森多于温馨。针叶林里人迹罕至，一片静谧，我漫步在树荫中，周围只有风一阵阵吹过树叶的沙沙声。初看这里并没有人类开发的痕迹，可是接下来我慢慢地发现，一棵棵树之间分布着很多经过粗加工的小石碑，上面刻着人名，有的旁边还放着一束花。似乎我的眼睛渐渐适应了这里的幽暗和宁静，才看清了林间四散的几十个小石碑以及偶尔有人送来的祭奠。

　　说起祭奠，实在是不多啊。只有寥寥几束花，而且那些刻着名字的小石碑大多远离林中小径，感觉孤苦伶仃的。这个墓园固然宁静，但这种宁静源于无人过问，甚至被人遗忘；自然界的一切固然在这片针叶林里欣欣向荣，但在我看来，与人世间全然无涉。当我开车上路，我不知怎的开始怀念那种传统样式的墓碑，上面刻着赞美诗中的一句韵文以及亲人的一句充满爱意的简短留言，旁边放着一束郁金香——从花店买的鲜花，裹着玻璃纸。

第 5 天

你得相信我，我今天确实写了一篇日记来记录我的心绪。可是重新读了一遍以后，我发觉这篇太琐碎无聊了，所以心里暗骂了一句就把它删掉了。

第 6 天

　　说到热词，你最近有没有用过"算法"（Algorithm）？这个词语刚引起我的注意，其热度看来正不断上升。自从它通过电视屏幕或纸张文字进入我的阅读视野，我就十分警觉：要么是日常阅读对我来说变得太高深了，要么是这一名词（姑且算它是名词吧）有望带来很多煞有介事的用法，使我担心今后将发生不少尴尬。真是可惜啊！我还挺喜欢这个词的呢，这个来自阿拉伯的数学术语具有优美的结构，可惜不对我的风格（至少目前是这样）。这会儿，我对这个词做了一些研究：案头的《牛津简明英语词典》告诉我，"算法"的意思是用于解决问题的一套规则，而《韦伯斯特词典》则说"算法"是使用任何一种符号体系的运算方法。

　　当然，楼下的大部头《牛津英语词典》不愧有皇皇 14 卷，对"算法"的解释更详细："算法"这个词根本不存在，它只是"运算家"经过多次"伪词源意义的歪曲"后形成的。互联网上有关这个词的解释更是五花八门，不过我开始怀疑，很多使用"算法"这个词的人实际上对它意义的了解还没有我多呢。不要紧！"算法"是一个可爱的词，一个崇高、优雅的词；我得知它的来源要辗转追溯到公元 9 世纪巴格达数学家阿布·迦法·穆罕默德·本·穆萨的姓[1]，这让我有几分感动。我没有在《伊斯兰百科全书》中找到这位数学家，不过我还是决定开始使用"算法"这个词，也许能让他开心呢。

---

1 这位数学家被誉为"代数之父"，他的姓 Alkhwarizmi 意为"来自花剌子模"（因为他出生在那里）。后来欧洲人将他的姓拉丁化，变成 Algorithm，用于指称"算法"。

第7天

　　和很多寻常日子一样，今天的新闻里又有美国总统特朗普的消息。自从他当选以来，他总是吸引着我们的注意力，难道不是吗？今天早晨，新闻说他似乎做了件好事，我具体记不清了，也许最终还是坏事；当然，你读到这里的时候，可能早已知道前后经过。特朗普实在叫人莫衷一是，我在这里暂且说一下我对他的看法。我欣赏的是他的政治风格，而不是他品位低俗的个人野心。他有他的群众基础，他对一些人毫不掩饰、充满自信地宣传其政治抱负（如果他那一套也算政治抱负的话），而对这一群体以外的人，他根本不在乎。这就是他的标准美式风格：美国第一！让美国再次伟大！由于我对不论什么国家的爱国主义都抱有一丝同情，我就像那些偏执保守的美国"红脖子"一样，会本能地去亲近特朗普那一套。话又说回来，虽然特朗普对待女人的态度让我深感厌恶，但他的行为中带有一种孩子气，有时候闷闷不乐，有时候大发雷霆，表现得像一个被宠坏的中小学生，我倒觉得这是可以原谅的。我知道，他必定是个有真本事的人，要不然他怎么攒下巨额家产？他才不是傻瓜，他的政治形象在我看来就像一个早熟的小男生翻着白眼鄙视所有比他年纪大、学习好的人。很多负责任的成年人也是从愚蠢荒唐的青少年走过来的，而到老来流泪忏悔的往往是年轻时做了缺德事的无赖。

我认为特朗普不可能成为名垂史册的政治家，你呢？大概和我想得一样吧？但是我猜，特朗普可能会以一个"被救赎者"的形象载入史册。

求上帝垂怜！

第 8 天

几年一遇的特大风暴终于平息，今天早晨我来到我家外面的车道，准备开始例行的每日千步走，这时我发现四周笼罩着——用我一向喜爱的诗人亨利·纽波特[1]的话来说——一种令人屏息凝神的寂静。

新闻媒体将这场风暴喻为"来自东方的野兽"，因为它是在西伯利亚某地生成，一路奔袭到英伦三岛，昨天还在英国到处肆虐，让人们苦不堪言。所以，在这个劫后余生的早晨，我外出查看风暴造成的影响，却发现四周只有寂静。街上看不见一个人，不管是相识的还是不相识的；周围散落着被刮倒的行道树、断裂的树枝、玻璃碎片和几只湿漉漉的农产品包装箱：我感到天地间只有我孤身一人。这景象令我心生退意，只想放弃这片受尽践蹒的凄凉之地，让鸟兽来休养生息，而我自己去另寻出路……

可是还不行呀。我邻居佩里的地里还有几只脏兮兮的绵羊在

---

1 亨利·约翰·纽波特爵士（1862—1938），英国诗人、作家，其诗多歌颂骑士精神。

大口嚼着食物，而且我走路的时候，耳边渐渐传来了鸟鸣，先是毫无特色的日常啁啾，然后就变成了此起彼伏的一段段抑扬鸣声，仿佛音乐一般，最后是两只厚颜无耻的啄木鸟打起了一阵机关枪似的鼓点。这是我在 2018 年第一次听见的鸟鸣！立即让我的心情由阴转晴。我加快了步子，在车道尽头处掉头回家。一路走来的时候，我以口哨吹着我的当日进行曲，那曲调唤醒了我周围的树木，光秃秃的树枝也开始舞动起来。

所以，伴随着我回家吃午饭的，不是 T. S. 艾略特《荒原》的灰暗回忆，而是亨利·纽波特的暖心鼓励，这也是我所期望的。当我把手杖放回衣帽架的时候，我仿佛听见纽波特用他的维多利亚口音对我说："努力！向前！投入生活吧！"

第 9 天

今天天气十分恶劣，狂风呼啸中，冰冷的牛毛细雨变成了一阵倾盆大雨，可是我会不会因此背离我的日常习惯呢？才不会呢。度过了四处漂泊、直面挑战的一生，如今我不管刮风下雨每天都要外出进行千步走，对此我十分自豪，而且我对那些宅家的人投去鄙视的一瞥；这可以说是一种使命感，就像我写下这篇日记一样！

不过，这么风雪交加的天气，我却大摇大摆走在海边，这时候我遇到的各界人士的反应让我惊讶，他们很多也对我的举动表示了批评。他们多半和我一样上了年纪，而且身体还很硬朗。有些是出来遛狗的，因而不能自由行动，只能往海边扔东西让狗去捡，或者和狗玩一些单调无聊的游戏，这一切让我对猫的偏爱又加深了一层。当然了，也有人和我一样，是因为根深蒂固的生活习惯而外出锻炼，也许还有人是遵从医生的建议。

在这种恶劣天气中外出的人，大多还是出于自愿，我很倾慕这样的人。带着活蹦乱跳的小孩出来玩乐的父亲母亲，虽然雨水不断从领口处流进雨衣里面，可他们多开心啊！那位经常坐着轮椅兜风的老太太，在雨中露出了一抹苦涩的笑容，她真是豪气万丈！孩子们一个个都兴高采烈，在一片湿淋淋中啪嗒啪嗒地玩，我看着他们就想，他们一定会成为新一代社会中坚。

　　的确，大部分老老少少就像我一样身体无恙，也许还壮实得多，但这不能打击我的自满情绪。相反，我就像亨利五世一样，讥讽那些绅士老爷们明明可以随他一起出征打赢阿金库尔战役，却宁愿舒舒服服躺在床上！[1]

1　这里援引莎士比亚的历史剧《亨利五世》。

第 10 天

作家生涯之随想

作为一名年事已高的作家，我觉得为自己的作品索取报酬是理所应当的。最近，我以英国中世纪宗教诗歌中的夸张手法为主题写了一篇文章，几星期前就发给了约稿的杂志社，但至今都没有收到稿费，因此我决定致电银行，查询一下账户。

这家银行以前在我的小镇里有一家网点，可是后来关门了，镇上的所有人（包括像我这样的老年顾客）都得花大工夫开车或乘公交车去另一家网点。电话中，一位彬彬有礼的客服很抱歉地说，早晨客户量较大，所以信息可能有延迟，事实上这次延迟也影响到了该行的很多高价值客户。然后，电话里就一点声音都没有了。可是我只想查询一下我那篇文章的微薄稿费有没有到账；说真的，这篇文章对于"可敬的比德"[1] 作品中明喻手法的探讨

---

[1] 英国僧侣、宗教学者、历史学家，生活在 7 世纪，曾著书描述英国人皈依基督教的经过。

极富想象力。那家杂志社到底刊用了没有？我的查询电话经过长时间的沉寂后，银行方面终于有一位男士回电，帮我查询账户。我向他报了我的 6 位银行口令（就是他们银行很久以前寄给我的那张口令卡，上面已经刮得快看不清字迹了）、15 位客户编码、激活码（两遍）和 16 位银行卡号；因为报第二遍激活码的时候多了一个字母，这一整套程序只好再来一遍。

然后又是长时间的沉寂。最后，一开始的客服回电了，她说："我帮您转接剩余账户部门。"我想她可能看到了我的出生年月，因为她善解人意地补充道："很高兴为您服务，简。"（对老年顾客直呼其名，以示亲近，应该是银行的要求吧。）接下来又是长时间的沉寂，时不时传来嘟嘟声。我实在是吃不消了，就对电话那头说："虽然查询不成功，但还是感谢贵行大力协助。"客服回答："很高兴为银行的高价值客户服务。"

我至今仍不知道那家杂志社有没有刊用我的文章，但我自然希望答案是肯定的。这篇文章确实提出了很有见地的观点。不管怎么样，我关心的不是稿费。当然不是！我在文章的第 8 页写到了科茨沃尔德民间音乐对英国早期圣歌的影响，这一段尤能使人共情，给我带来了特别的满足感。

第 11 天

这几天，一大早就有飞机在附近盘旋，飞机的噪声为我的日间生活增添了一丝趣味。这噪声不是飞往都柏林或纽约的客机发出的持续低沉轰鸣，也不是到处忙活的直升机发出的咔嗒咔嗒声；谱写这一美妙晨曲的，想必是练习飞行技巧的年轻人。

今天，我终于有机会了解这些人。我去了本地诊所，准备让医生用注射器给我清洗耳朵；正当我在候诊处坐着的时候，我翻阅那儿的一大堆杂志，大多数自然是有关症状和治疗的，但是其中有一本的封面是一架战斗机的彩色照片。想不到啊！原来离此不远有一个军用机场，这本杂志正是那里出品的，我从这本杂志上得知了早晨飞行训练的更多细节——英军为应对各种威胁，而进入高级战备状态。

我对此当然举双手支持，不过在我被叫去清洗耳朵之前，我在这本杂志上发现的最让我高兴的消息就是：最近在我头顶上做各种令人心旷神怡的机动飞行的，还有一支来访的瑞士飞行中队！威尔士上空的瑞士友军战斗机！还有什么比这个更叫人宽慰呀。

　　我倒是想把这本杂志偷偷带走，以向朋友们展示我不是自作多情或白日做梦，不过再想想还是算了吧，因为我担心那样做会让英军的训练标准下降。

第 12 天

　　很多年前，我青春不再，回国定居，囊中颇有几个钱，便起了买辆新车的心思。那时在伦敦，我对汽车所知甚少，只对汽车外观有一点浅薄认识，而这些主要是来自我在"伦敦医生街"哈利街散步的所见所闻。那儿的汽车展示厅里放满了最时兴的款式，我逐一巡视后，认为"宝马"车型最合我的胃口；要知道，那时候宝马不但对我来说是新玩意，而且在整个英格兰都不多见呢。我心里想，"好吧，就是价钱有点吓人啊！"此后不久，我在英格兰某个大教堂城市（我忘了是哪个了）[1] 坐出租车，碰巧向司机提起了我想买新车的事。我问他会买什么车，他回答："你问这个，真是好巧啊。那天主教坐在我的后座，他透露说他自己想买一款好车，一款全新的车，我也没听说过，是叫什么——宝马？"

　　宝马！圣贤言语对我有很大影响（现在仍是如此），所以我马上跑去买了一辆宝马，并感觉和主教不谋而合——的确是一款

1　埃克塞特、格洛斯特都是著名的英格兰大教堂城市。

好车！我和家人驾着这辆车游兴大发，跑遍了英国内外，不过后来决定换一部更加家庭化的车，就换成了大众面包车。然后，随着我步入中年，我干脆换成了我的第一辆"少年飙车款"车——本田思域 R 型，这辆车从此成为我最好的朋友。

现在，我常在附近海滨小镇的步道上进行每天的走路锻炼，那儿每到旺季就停了一长溜各式车辆，而且在我看来几乎都是全新的。真是外国汽车设计的黄金时代啊，我想。这些车看上去都十分优雅，毫不张扬浮夸；它们也许代表了电力驱动和机器人技术登场之前的最后一代内燃机汽车。今天早晨在步道上散步的时候，我在心里衡量，这些车里面哪一辆称得上最优雅简洁而又马力强劲的呢？

你猜答案是什么？对，你猜对了，还是宝马——主教的选择！不过，我并没有遗憾与艳羡，我只是开着我的 R 型老破车，从排气管里喷出一股"少年飙车款"青烟，离开海滩，上山回家。

第 13 天

今天是复活节，大大小小的教堂里挤满了虔诚的基督徒，大家都在庆祝耶稣的复活。我虽是个不可知论者，但我对宗教抱理解态度，所以我也加入了基督徒的庆祝活动。不过，我也不免注意到 2018 年复活节偏偏和愚人节是同一天。

大多数基督教故事都包含了善良、怜悯、勇气和温暖人心的细节，有儿童、动物和令人愉快的例证，我对之表示欣赏和尊重，但耶稣死后复活的故事，不管是当作事实还是当作道德教诲，都无法让我接受。在我看来，耶稣一生行迹（无论我们视其为事实还是虚构）构成了后世难以企及的文学丰碑之一，而他的复活则削弱了这一文学价值，而又没能向我们提供精神上的榜样。

我觉得，耶稣复活的可信度还不如愚人节的一些著名恶作剧，后者还让人们信以为真呢，比如"意大利面长在树上"和天文学家帕特里克·摩尔 1976 年胡诌的"两大行星即将排成直线"（他说地球重力会因此受到影响，某一天上午 9∶47 所有东西都会变轻一点，后来一位女士报告说，那天她和 11 位朋友试了一下，结果大家都从椅子上浮了起来，在屋子里到处飘）。

　　当然了，耶稣复活的故事并不只是简单的骗局。以我蒙昧的判断力，我认为耶稣复活是为一件气势磅礴的艺术和道德作品安上了一个格格不入、向壁虚造的尾声；如果我的判断是错的，那也请上帝原谅我吧。

第 14 天

　　耄耋之年的种种症状，虽然让我不胜其烦，但大多数也属寻常，我能从容应对；唯有一点与我的职业有关，比较特别，那就是难以分辨记忆中哪些是真实发生过的，哪些是我自己想象出来的。20 世纪 40 年代我在苏联各地巡游了很长一段时间，我记得当时似乎发生了两件事，在记忆深处模糊不清。

　　第一件事是，我在一位苏联导游（我怀疑她是克格勃特工）的陪同下坐火车离开莫斯科。那是一个冬夜，窗外白雪皑皑，我们站在过道里，这时我注意到外面有一个裹着围巾的女人孤身一人发疯一样跑上一条车道。

　　"你说她在躲什么呢？"我问苏联导游，她立刻回答："大概是躲避秘密警察吧。"我当时就猜到，她想骗我以为她对不同意识形态抱有同情，其实是有设套引诱我透露对苏联不利言语的意图。

　　一路上再也没有别的故事。我们到达了目的地（我早忘了哪儿了），并友好地道别。但是，途中的这段小插曲深深铭刻在我的脑海中，因为它带着那个时代的鲜明印记，而且我还用笔记录了下来。

可是，我真的记录过这段小插曲吗？我查遍了我所有的书、游记、笔记和便笺，却找不到这事发生过的任何证据。另外一件事发生在以前的列宁格勒，离现在已有四五十年了，同样，我也找不到任何文字佐证。那时我在一家咖啡馆里结识了一位年轻的俄国人，他是苏联空军飞行员，在我眼里是个英武挺拔的好小伙。他邀请我去他附近的公寓小酌一番。对于杯中物，我一向来者不拒，所以我欣然答应，随他步行前往一个中型居民区；看上去，这地方在十月革命前还是资产阶级居住的高档社区呢。

只不过，今非昔比啦。我们走上楼梯时，我从一扇半开的门向里张望，那里面很明显是他的卧室，我看见他还没有铺床！堂堂列宁格勒的市民、苏联空军军官、俄国大好男儿，竟然懒得铺床。这一幕令我印象极为深刻，从此成为苏联在我心目中的某种象征，我作为一名作家，曾在文章中写到过。

可是，我真的去过那里吗？我查遍了我那时在苏联旅行写的千言万语，并未发现一星半点有关这段小插曲的记载。火车车窗外的孤身女子、英雄城市中的空军军官，两者都好像已随着灰暗的冷战时代，消失在真实和虚构之间。

第 15 天

今天晴空万里，所以我和伊丽莎白抛下一切，开车去山里的佩恩威格尔德旅店吃午饭。佩恩威格尔德是全世界登山爱好者心中的圣地，位于斯诺多山的一侧，六十多年来我时不时地去拜访一下。由于今天是休息日，公路上挤满了私家车和大巴，每一条山道和轨道上满坑满谷都是登山者、攀登者、尽兴野餐的游客和哇哇大哭的婴儿。我爱这一切！在我看来，这就像某位艺术家在开怀大笑中创作出来的"欢乐地狱"，画的是人们庆祝节日，喧闹震天。

不过，对我来说，我们这次山中之旅最美妙的一刻似乎是来自另一位风格迥异的艺术家的创意。我们绕过一处弯道，瞥见一群野山羊，大概六七只，有大有小，它们在林间颤抖，树叶在它们身上投下斑驳的阴影。有那么一瞬间，我以为是某位气质深邃的天才画出了这群野山羊，作为某种完全与尘世无涉的启示。然后，我猛踩油门赶往佩恩威格尔德，可惜，旅店的酒类营业执照

因为某种官僚程序差错而暂时失效，害得我没能打破我一直向往
的吉尼斯世界纪录。

　　啊，时代呀！啊，风尚呀！[1]

第 16 天

今天是一篇立意奇特但略显琐屑的小品，说的是书籍的引言。

1866 年，30 岁的威廉·迪恩·豪威尔斯[1]（后被誉为美国现代文学集大成者）写了一本有关威尼斯的两卷本大作《威尼斯生活》。20 多年后该作品要出新版时，他发现其中相当一部分内容已经过时（这当然很正常）；他决定不作修订，而是在新版的引言中作出如下解释：

> 不管本书质量优劣，它都是青春的产物。我完全可以修补、增订，但我担心，一旦插手，我会造成损害。我了解本书的不足之处，正如我深知我青春岁月中犯下的罪愆；我想要弥补，却为时已晚，只能祈求原谅。

1　威廉·迪恩·豪威尔斯（1837—1920），美国小说家、文学批评家，代表作有《塞拉斯·拉帕姆的发迹》。

近一个世纪之后的 1960 年，我也出版了一本有关威尼斯的厚重的大书。几年后，我像豪威尔斯一样发现，我不可能再出一个更新内容后的修订版。因此，我在新版引言中作出了这样的解释（比豪威尔斯可要婆婆妈妈多了）：

> 我今日对威尼斯所怀有的感情，尚不及我当初写本书时之炽烈，对此我不敢隐瞒，这也是我无法对本书加以修订的原因。我写的是一个年轻人眼中的威尼斯：青春活力最能令它苏醒萌动。我希望这本记载我旧日喜乐的小集子仍能让读者心有所感，特别是那些年轻人，他们就像当年的我一样，浑身焕发着蓬勃朝气。我希望他们在翻阅此书时也能找到与我当年一样的欢愉，并在我身上看到他们自己的模样。

说实话，豪威尔斯的著作除了那部《威尼斯生活》，我一个字都没读过；豪威尔斯逝于 1920 年，我的作品他自然也没有读过一个字。不过，由于这两篇作为自辩的引言过于相似，有时候我自觉和他有种奇怪的亲近感；有时候，我带着一份同道中人的欣赏，愉快地浏览我收藏的《威尼斯生活》（第 4 版，波士顿和纽约，1892 年）。

第 17 天

一则生活琐事，可算是某种寓言，具有欢乐的教育意义。

几天前，我那辆老破车的离合器出了故障，让我在克里基斯（离我家最近的小镇）郊外一条还算热闹的马路上抛了锚。我没带手机，坐在车里一筹莫展，感到自己真是太倒霉了。不一会儿，旁边联排别墅的一幢房子里，一对年轻夫妇注意到了我的窘境；我事后才得知，丈夫在妻子的敦促下，出来为我提供帮助。他三下五除二就给我叫来了汽车协会的拖车，把我的车拖去最近的汽修店，而我则顺利回到家，心里感激不尽。

我受到无私帮助的这天正好是我的一本新书首发的日子，所以我想，我应该向两位恩人赠送一本由我签名题献的新书，以示感谢。我写好了题词，就带着书出发了——哎呀！我怎么都没想到，我竟然记不清他们的房子是这一片联排别墅的哪一家了。我只能一家一家地试，敲开了四家的门，都不是；每一家的主人都迷惑不解，得知我的来意后又觉得有几分好笑；他们倒也非常关心，尽其所能地帮我推测是哪一家邻居，并遗憾地表示，很可惜那天不是他们帮助的我。最后，他们每个人都和我笑成一团，但我还是和刚开头一样毫无头绪。

　　我敲开了第五家的门，这才对了。丈夫外出上班，妻子热情地招呼我进门；我取出新书，打开包装，翻开扉页，为她读出我专门写的题词，对她说，因为他们夫妻俩那天热心帮助我这个素不相识的过路人，我特地送来此书，以示感激和由衷钦佩。她静静地听完，接过书的一瞬间，忽然流下了眼泪。这则小故事的教育意义在于：任何国家的任何地方，每一幢房子里都有正直善良的人，他们会笑，也会哭，更会在你困难的时候帮上一把。

　　我只希望真是这样！

第 18 天

　　善谑的彼拉多问，"真相是什么？"[1] 今天，2018 年 4 月 12 日，他完全有理由这么问。亲爱的读者，你读到这一篇的时候必然已经知晓了历史走向，可是对我来说，今天的世界还完全不晓得真相是什么呢。[2] 有些见多识广的人说，还是老一套的恐怖大灾难——世界大战，东西方之间为了意识形态开战！也有别的有识之士告诉我们，这个混乱颠倒的世界实质上远比其表象更为复杂，内中有成百上千的争端在互相纠缠不清，这些争端自有其来龙去脉，有的宏大，有的渺小，有的正当，有的牵强，有的仅限一时一地，有的涉及方方面面，但都和经济利益、政治情报和微妙的人心向背有千丝万缕的关系。

　　真相是什么？本丢·彼拉多问"真相是什么"时，似乎并未

1　这一句出自英国哲学家、散文家弗朗西斯·培根（1561—1626）散文集中的《论真理》（*Of Truth*）。本丢·彼拉多是公元 1 世纪罗马帝国犹太行省的执政官，曾审讯耶稣；他起初并不认为耶稣有罪，但在身边高级祭司的坚持下，只得判处耶稣死刑。英语 truth 指"真理"或"真相"，这里根据上下文改译为"真相"。

2　当时叙利亚局势较为紧张，作者故发此感叹。

当真。我猜，今天早晨很多人真正想知道"真相是什么"，并希望联合国能学习许多年前审判耶稣时那些高级祭司的坚决态度，对当今局势作出一个同样坚决的回应。

不过，今天不是戏谑的日子。我们当中没有耶稣为我们大家身体力行地揭示真相，我们当中甚至都没有本丢·彼拉多来展示我们的左右为难。我们得自己做决定呀！要是大家以我为效仿的对象，那么连定定心心吃个早餐都做不到呢——都撒了一地啦！

第 19 天

    接着昨天的模糊想法，我在这里加一个补充。有一次，我在一个外卖餐馆排队，注意到旁边一个女人和我一样，手里紧紧攥着信用卡，准备付账。"哎呀，"她说，"谁知道呢，这年头什么事都碰得到，你没看今早的新闻吗？"我表示同意，这年头什么事都碰得到。就在这当儿，一个餐馆员工走过来宣布说食品柜台暂时关闭了，也懒得多费唇舌说明理由。"这不是吗？"我和那女人一起脱口而出，"什么事都碰得到，还没人给个理由！"

    最近我重新阅读了威廉·巴特勒爵士（1838—1910）的自传，这位将军是我儿时的英雄，他对操纵时局的神秘人物的看法浮现在我的脑海中。他在自传中写道，真正在暗中掌控一切（或者说，毫无理由地撤下食品柜台）的不是狂放不羁的理想主义者、包藏祸心的外交官、野心勃勃的政客，更不是满身泥泞的一线士兵；这位老派绅士认为（别忘了，他的自传写于 19 世纪），最终我们都会发现，躲在幕后的无一例外都是远方的金融资本家，这些人拥有亿万资产，控制着超级大企业，能够将某个模糊不清的提议变成当下备受追捧的热点，"挥舞鞭子，驱赶畜群，放出战狗，追逐猎物"。

我正想对那个排队的女人说一下巴特勒爵士的看法，可她已经气鼓鼓地离开了，这下，我就找不到见证人啦。

第20天

　　人们谈论战争，传播关于战争的传言，这让我想到，我在这个纷争不断的星球上生活了90多年，大大小小、远远近近的战争我已见识了多少啊。很奇怪的是，对我影响最深刻的一场战争是在我出生前发生的。

　　我八九岁离家去上寄宿学校的时候，我父亲就去世了，所以我对他没有什么印象。他在第一次世界大战（我们以前称之为"大战"）中遭到毒气袭击，从此沉疴缠身，长卧病榻。我对他最鲜明的记忆是有一天下午，我放假从学校回家，看见他在床上断断续续地睡着。我蹑手蹑脚、战战兢兢走进了他的卧室，在睡梦中，他似乎仍经历着可怕的战争，一发作起来便大叫着危险，辗转反侧中发出呻吟和不可遏制的咳嗽，偶尔还幽幽地惨笑。他的噩梦表现得那样真实，我几乎听见了枪炮声，在炮弹的尖啸中赶紧趴下寻找掩体，还闻到了呛人的火药味和那奸诈无比、夺人性命的毒气……

　　此后不久，他就去世了。我那时已回到学校，我至今还记得校长小心翼翼地向我通知了这一消息。不过对我来说，我父亲从未逝去；虽然我对他几乎没有印象，可是每当我想起他，我就感觉我陪伴着他，在"大战"的那一天，佛兰德斯[1]的战场上。

---

1 历史地名，泛指西欧低地西南部、北海沿岸，包含现在比利时、法国和荷兰的部分地区。

第 21 天

　　如今，种族主义者是英国最不时髦、最不受待见的人，可是我得承认，每当我走到我家车道最上面的时候，我就感到种族主义的一阵刺痛。实际上，现在我几乎都不再往前走了，原因我想应该就是种族歧视吧。70 年来，我居住在一个历史悠久的威尔士行政区域内，这地方在古时候是一个"镇"。据记载，埃尼翁·阿普·格鲁菲德和艾恩的女儿露西 1352 年在此定居。从此，世世代代的威尔士居民在这里种田、放牧，虽然偶有反复，但这里的威尔士风情再无改变；再也没有比这里更具威尔士特质的地方了，我敢说，这里已经孕育了一种无形的"威尔士气场"。

　　这不，几年前，附近的一幢木屋成为无主财产，我想买下来，可惜财力有限，于是这幢木屋落到了撒克逊人手里（也许是自埃尼翁·阿普·格鲁菲德定居以来的第一次），它的新主人还不是威尔士人，而是英格兰人！

　　他们当然是很好的人，亲切友善、谦逊有礼，但他们毕竟是英格兰人，用他们的英格兰风格改建了这幢木屋。他们很明显没有多想就开工了，于是现在他们的木屋成了与众不同的英格兰建筑，旁边的小河一副英格兰派头，就连四周的空气都带上了英格兰味道。我有一半英格兰血统，对鲁珀特·布鲁克[1]十分着迷，可是现在，每当我往那幢木屋的方向走，我就感到自己受到了排斥。这片地方的历史魅力，从埃尼翁和露西以来的文化传承，似乎一下子荡然无存了；一看见木屋花园的铺地式样、河边停着的度假旅行车和屋边街灯的装饰风格，我就马上转身，回家享受我的"威尔士气场"去啦。

这算是种族主义吗？可能算吧，不过我可不打算道歉，哪怕是用"天堂的语言"——威尔士语！

1　鲁珀特·布鲁克（1887—1915），英国诗人，出生于英格兰的沃里克郡。

第 22 天

不知你的态度如何，我总体上对脏话并不反感，我认为视情况使用一下也无妨。比如，丘吉尔在床上对一个顽劣孩子说"滚开"，就让我忍俊不禁。不过，有一句脏话我认为在任何情况下都过于粗俗，而且我也很遗憾地看到它最近得到了广泛传播（至少在英国）；我自己当然不愿意用，可是事已至此，我必须把它写出来："FUCK"，不是指性行为，而是口头秽语，用于不明确的对象。

这个词有很长的发展史。塞缪尔·约翰逊博士在他 1755 年出版的《英语词典》中根本没有收这个词，但《牛津大词典》花了不少篇幅来说明这个词自中世纪以来的用法：一个用来诅咒谩骂的词，具有附加拟声性质，其词形和语音均能表示其意义（也就是说，形、音、义三方面都极为丑陋）。各种骂人话中明明有更加优雅而切合场景的选择，而这个词就是当中最粗鄙无文的。我尤其讨厌听见这个词出自女性口中：在这种情况下，恐怕不是发自内心的激愤，而是为了妇女解放这一崇高事业而发出的粗犷豪放的表达呢。

又及：丘吉尔说"滚开"让我想起了很久以前一则海军轶事，真假已不可考，具体情节我也忘了，我只记得一句很好笑的经典台词："滚开！你要把我的油布防水衣都捅破了。"

第 23 天

不久前，我为英国广播公司录了广播节目，谈了谈我对美国的想法。那时所谓"美国统治下的和平""英美特殊关系"正甚嚣尘上，我对此写了不少文章。那个广播节目一半是我充满感情的回忆，另一半则是相关音乐集锦。听众似乎还挺喜欢的，所以我受邀再去录一个续篇，这次谈的是我念念不忘的话题：风光不再的大英帝国。

为谈美国的节目挑选音乐真是太简单不过了，从《仙纳度》[1]到塞隆尼斯·孟克[2]都可以用。可是，我对大英帝国的感情怎么说得清楚，又怎么来选音乐啊！这次节目我本来就定名为"五味杂陈"——大英帝国既有让我骄傲自豪的地方，也让我羞愧得无地自容——我的音乐集锦必须反映这一情愫。

爱德华·埃尔加[3]的《希望与荣耀的土地》当然在我的音乐

1　美国民谣，讲述一名年轻商人与印第安族长女儿相爱的故事。

2　塞隆尼斯·孟克（1917—1982），美国爵士音乐家。

3　爱德华·埃尔加（1857—1934），英国作曲家、指挥家。

单中，这首进行曲一开始雄浑激昂，到最后却退化成了"终场之夜"[4]的沙文主义大联欢。我还选了一些加冕典礼的浮夸音乐（威廉·沃尔顿[5]的《王权与王位》[6]）和讽刺自嘲的幽默音乐（"吉尔伯特与沙利文"[7]）。节目的尾声是一首忧伤咏叹"帝国斜阳"的古老赞美诗。为这一"五味杂陈"的音乐集锦带来一丝欢乐的，是半当中的一曲来自拉迪亚德·吉卜林[8]诗作的民歌《去曼德勒[9]的路上》，里面有一段生气勃勃但也充满帝国主义情调的副歌：

> 回来，英国士兵
>
> 回来，去曼德勒
>
> 朝阳像响雷
>
> 从中国升起
>
> 越过海湾
>
> 来到曼德勒……

不管怎么样，我还是喜欢这首老歌，而且我为广播节目选取的那个演唱版本也很应景，令我十分满意：演唱者来自大英帝国的一个前殖民地，这个地方两百多年前就从殖民枷锁下解放了

4　英国广播公司每年在伦敦皇家阿尔伯特音乐厅举办大型音乐节，"终场之夜"为音乐节的最后一场。

5　威廉·沃尔顿（1902—1983），英国作曲家、指挥家。

6　威廉·沃尔顿1953年为伊丽莎白二世的加冕典礼所作。

7　19世纪下半叶英国剧作家威廉·S.吉尔伯特和英国作曲家阿瑟·沙利文创作的一系列幽默剧，在英语国家影响很大，至今仍有演出。

8　拉迪亚德·吉卜林（1865—1936），英国小说家、诗人，出生于印度孟买，1907年获诺贝尔文学奖。

9　曼德勒是缅甸第二大城市，位于缅甸中南部。吉卜林从未到过曼德勒。

出来。

　　这个前殖民地现在叫作美利坚合众国。这位演唱者唱道，"把我送去苏伊士以东，那冰与火交融的远方"[10]。他是谁？弗兰克·辛纳特拉[11]。

10　吉卜林《去曼德勒的路上》诗中一句。作者可能暗示美国就是"冰与火交融的地方"。

11　弗兰克·辛纳特拉（1915—1998），美国歌手、演员、主持人。

第 24 天

今天早晨看上去晴空万里，可是保不准呢！太阳光芒四射，海水一片湛蓝，鸟儿阵阵欢唱，我的老相好伊丽莎白觉得这天气正适合出去吃一顿野餐——你知道，就是我们以前常常举办的那种野餐。

啊哈！对这天气，我更有经验。我嗅出了风中那一丝暴雨来临的气味，所以决定举办一次 21 世纪的野餐。我们是这么做的：去了一趟超市，买了两盘寿司，生鱼片一尘不染，刚从冰柜里出来，冷冰冰、亮晶晶的，还有配套的筷子；接着，在街角"平价烈酒"小店里的咖啡机上用塑料杯接了两杯滚烫的咖啡。

然后，我们开车去了卡那封城堡下面，海边一个绿草如茵的地方，从那里可以俯瞰湛蓝的海面，还可以隔着卡迪根湾远眺翠绿的群山。我们在无人处停好了车，大大咧咧坐在里面，好像这片地方就是我们的一样。我们关闭了引擎，把收音机开到"经典FM"，正要动筷子吃寿司——我早说过了吧？一阵叛逆的暴雨就噼里啪啦下了起来。

啊，现代生活真是妙不可言！今天的午餐无与伦比：面前是雄伟壮观的景色，收音机里播着熟悉的旋律，屁股底下是本田老破车温暖舒适的座椅，车顶上是吧嗒吧嗒的一阵阵雨点声，"平价烈酒"的卡布奇诺冒着热气，日本的美味海鲜冰凉中带着芥末的辛辣……我虽然并不对野餐特别热衷，但也乐在其中呢。

　　相比以前的野餐，那些碎成渣渣的三明治、半冷不热的茶和饼干，这次的野餐难道不是好上百倍？我当然是这么认为的，可是我的老相好伊丽莎白大概还在想念她以前的野餐，连鳝鱼腌豆腐都没吃完。我开车回家时，一路上雨还吧嗒吧嗒下个不停；万幸的是，我明白事理，没有蠢到对她说，"我早就知道！"

第 25 天

今天，我得到允许，向您隆重介绍一种语言——"绝望语"[1]，这是犬子提姆在和我一起工作时向我推荐的。下面附上《绝望语入门》第 7 课"在咖啡馆"，为了学习这一语言，你必须想象，说话者的母语为英语，带着一种特殊的澳大利亚口音。下面就是一段对话：

L. O.

L. O. 2. U. 2.

I. C. U. R. B. C.!

S.

F. U. N. E. M.?

A.?

I. Z.; F. U. N. E. M.?

1　原文为 Desperanto，系"世界语"（Esperanto，又译"希望语"）的戏仿。

O! S. I. F. M. N. I. F. X.

I. 8. X.! F. U. N. E. T.?

S., I. F. T.

L. F. M. N. T.

OK.

明天公布答案！你是不是等不及了？

第 26 天

现在，你也许对绝望语有了进一步的了解——要知道，我可是此中高手呢。要是你难以理解昨天的咖啡馆对话，我把译文附在后面：

HULLO.（早呀！）

HULLO TO YOU TOO.（你也早呀！）

I SEE YOU ARE BUSY！（我看你好忙嘛！）

YES.（是的。）

HAVE YOU ANY HAM？（你有火腿吗？）

EH？（啊？）

I SAID: HAVE YOU ANY HAM？（我是说，你有火腿吗？）

O！ YES, I HAVE HAM AND I HAVE EGGS.（哦！是的，除了火腿，我还有鸡蛋。）

I HATE EGGS！ HAVE YOU ANY TEA？（我讨厌鸡蛋！你有茶叶吗？）

YES, I HAVE TEA.（是的，我有茶叶。）

I'LL HAVE HAM AND TEA.（那我泡个茶，吃火腿。）

OK.（好的。）

听上去似乎不太像一个咖啡馆里的对话，不过我想，大概第 7 课只是面对初学者的吧。

第 27 天

作家生涯之随想

每次出版社的版税单到了，作者就像一个得知自己怀孕的妇女一样，要么欢欣鼓舞，立志更上一层楼，要么垂头丧气，在电脑前喃喃自语，"天啊，我做错了什么……"今天就是这样一次挑战。我几年前写了一本小书，内容是关于我在威尔士的老宅。今天的版税单上说，这本小书不但在英美出版，还被译为德语、日语、荷兰语、西班牙语和汉语（繁体字）。这一消息自然让我十分高兴。这些事项分门别类列在单据左边，而我期待的目光则落到右边，那里列出的是财务收益，在计算了汇率、代理人费用、出版社预付款、直接推广费用和电子书制作费用后，我在这本书上的总收益以一行堂皇的大字出现在底部：

0 英镑。

第 28 天

最近，我看到了一个比较冷门的统计数据：43%的贵格会教徒[1]并不信奉上帝。我说，这很好啊！这样我们就有十足把握说他们是聪明善良的人，而不是无神论者。

我说这些话是有感触的，因为我的混血出身中带着贵格会的基因，而且我一直仰慕贵格会宗教传统中较有节制的神秘主义因素。有时候，我顺道参观一下他们的礼拜，其中，1963 年 11 月 23 日的一次贵格会礼拜令我难以忘怀。就在前一天，美国总统约翰·肯尼迪遇刺；这天早上，我顺道拜访了位于圣吉尔斯街的贵格会礼拜堂。里面满满当当地挤满了教友，大家都静坐沉思，只有一个人站起身来，开始布道演讲。

他是牛津大学一个学院的院长，也是一位声名远播的外交官。他为刺杀肯尼迪总统的人诵读了一段祈祷文。

1　贵格会是主要在英美的基督教教派，反对繁琐礼仪，主张宽容、和平、社会公正。

第29天

今天早上，迎接我的又是骇人听闻的各种新闻：战争和即将开战的传言、乌烟瘴气的资本主义、毫无成效的外交手段、粗鲁无礼的民主制度，再加上叛变反水、宗教争端、无聊八卦和无耻指控。"有什么用？"我对着空气大声地自言自语。我认输了，放我出局吧！如果我手边有一张报纸，我要把它揉成一团，扔进壁炉里（如果我有壁炉的话）。现在，我只好把那可恶的电脑关上，骂了一句，然后坐下来写这篇日记。

窗外，在柔风中微微摇摆的树木正在慢慢化开，变成全新的夏天中一抹盈盈绿意。

第 30 天

今天的故事有点让人汗毛凛凛。昨晚，我简单吃了晚餐，喝了一小杯本地苹果酒，很晚才睡下，睡前没有像以往那样看一章精彩的《安娜·卡列尼娜》。半夜，我准时关了灯，头一沾枕头就睡着了。一夜安眠，连梦都没有，一早醒来，竟然十分确信今天就是我的生日——10 月 2 日。

才不是呢！今天是 5 月 13 日，可是我仍然觉得今天是我的生日，差点儿跑去农场邻居家按门铃，和这位同一天生日的邻居互道生日快乐。还好我及时认识到我只是出现了幻觉，所以停下了脚步；不知怎的，我又记起来，今天虽然不是我的生日，却是我两位音乐家兄弟的生日，他们同在 5 月 13 日出生，但相差两年。

他们早已仙去，我想，他们大概在天堂某处给我开了个玩笑吧：加雷斯在长笛上吹出了欢快的配乐，而克里斯托弗在圣乔治教堂旁的汉诺威广场弹着他的手风琴。

呵呵呵！生日快乐，我亲爱的兄弟们！

第 31 天

各大媒体正在为下星期的皇家婚礼大典[1]造势，我虽然对哈里王子和梅根了解不多，但对他们印象不错，也祝他们幸福美满。不过，作为一名坚定的威尔士共和主义者，我不由得想起我很多年前写给《泰晤士报》的两封读者来信，与以前的皇家婚礼有关，内容如下：

1981 年 7 月 29 日[2]

编辑大人：今天英国王位继承人举行了他的婚礼，其奢华排场令人咂舌，我希望表达一名英国公民对此的强烈反感和不祥预感。

1　指哈里王子与梅根·马克尔于2018年5月19日举行的婚礼。

2　查尔斯王子与戴安娜·斯宾塞在这一天举行婚礼。

2011 年 4 月 22 日 [3]

编辑大人：上一次皇家婚礼时，承蒙贵社刊登了我对此事的议论，我至今记得，我在信中表达了我对那次婚礼荒唐可笑、庸俗奢靡之风的不满。

至于这次，我已无法用语言来表达。

那么下星期我该写点什么？瞧，这张白纸就是！

---

3 此信写于威廉王子与凯特·米德尔顿举办盛大婚礼前一周。

第 32 天

在每年的这个时候，为植物唱赞歌的文学大行其道，蓝铃花、金凤花、黄花九轮草和初绽蓓蕾的玫瑰都受到了文人吟咏，可是我发现，蒲公英却得不到一句赞颂。从莎士比亚、济慈、华兹华斯到鲁珀特·布鲁克，都对蒲公英视而不见。吉尔伯特·怀特[1]的《塞尔伯恩博物志》提到了蒲公英，可是没人注意；威廉·莱因德[2]的《植物王国博物志》早在 1856 年就记录了蒲公英的一个有趣之处：旧时的外科医生推荐用蒲公英来治疗疑病症。

作为一名常年疑病症患者，我要举双手支持这一历史悠久的伟大植物：几个世纪以来，蒲公英为世界各地的人们提供了多少食物、药材和神秘传说啊。当蒲公英还小的时候，它嫩黄、友善，在黄花九轮草的女低音和报春花的童声高音中不甘示弱，唱出了雄浑的男低音。然后，它把自己藏在神秘的毛絮里，随着一阵风

1　吉尔伯特·怀特（1720—1793），英国博物学家。

2　威廉·莱因德（1797—1874），英国医生、博物学家。

来，茸毛飞扬，静悄悄地将种子洒遍了田野和花园。

就是这样！势利眼的园丁或不懂事的外行也许会认为蒲公英只是一种杂草，但我将它尊奉为一位世界英雄公民，既风流倜傥，又勇猛顽强，还充满神秘色彩，总之，是个让人开心的好伙伴！

第33天

不是自夸，我觉得我对哈里王子和梅根·马克尔在去年订婚的评论有先见之明。这一对已于日前完婚，婚礼受到广泛报道，几乎到了无人不晓的地步。我是个彻彻底底的威尔士共和主义者，曾就前两次皇家婚礼写了读者来信，对其庸俗谄媚的场面进行了讽刺挖苦，刊登在《泰晤士报》的专栏上；不过，我倒是挺喜欢哈里王子和梅根的声音，当我听说他们订婚时，我在当天的日记里写道："他们的榜样告诉我们这些愤世嫉俗的家伙，家族君主制是一种国家治理方式，再不合时宜也得继续保留。"

好吧，未来尚无分晓，但我起码可以在2018年5月对《泰晤士报》的读者说，这一次的皇家婚礼"看上去还算有脑子，热闹了一番"。

第 34 天

人类所有官能中最具有欺骗性的，我开始觉得吧，就是记忆。我敢肯定，我们每个人都会意识到，年纪越大，记忆就越不可靠；很多事情都显示了记忆衰退，比如忘记熟人的名字和面孔，有时忘记事先定好的约会，甚至忘记上楼是要干什么。而就我自己来说，我开始发现我的记忆有误导性，不但偏离、歪曲事实，有时还是完全错误的（当然，没造成什么坏处）。

我想，这也许和我的职业有一点关系吧。我这一辈子都在职业性地使用记忆，最主要的目的是服务于——没羞没臊地自夸一句——我的文学艺术。这也不算什么不同凡响的艺术，但它的确对字、词、句的音韵和节奏要求非常高，所以我喜欢把我的写作内容大声读出来，特别是在洗澡时，因为浴室空间密闭，回声效果好。而且我觉得，我的记忆理所当然、自然而然地在内、外两个方面重塑了我对过去的回想。

今天早上我开始思忖，这种写作技巧我用了那么多年，有没有可能将我引入歧途，从而制造出了虚假的内容？昨天，一位非常要好的朋友（也是我的同辈）多年来第一次拜访我，我们曾在第二次世界大战末期一起作战，还在盟军占领的威尼斯征用了一幢房屋住下。他是职业军人，出生于军人家庭，后来在英国著名的骑兵团里步步高升。至于我，终究只是个作家。昨天我们在一起，我兴致勃勃地谈起了七十年的友谊，回忆起了往事的点点滴滴，可是在这一片热闹中，我偏偏想到，我们俩在回想当年威尼斯的经历时，浮现在大脑中的景象是截然不同的。

我们俩所记起的经历都是真实的，可是这么多年来，两种不同的人生已经重塑、改造了我们各自的记忆；两个老朋友，一个昂首阔步，一个跌跌撞撞，在时间之网中各自前行，收获了自己特有的记忆之果。

第 35 天

　　银行假日[1]正逢周末，又是这样的好天气，所以我今天不去铺满落叶的车道上锻炼，而是来到海边林荫大道上开始我的轻松千步走。这里一片生机勃勃，令人心旷神怡；没有人山人海，人只是自然空间的点缀。这片海滩遍布鹅卵石，所以没有络绎不绝的游客来晒日光浴或在沙子上堆城堡，只有三三两两的人徜徉在滩头，以各种方式享受久违的阳光。有些人洗海水浴，这是海滩上最常见的；有人独自逡巡寻找着什么，是在搜索化石吗？孩子们在岩石间的潮水潭边戏耍，他们多半是在捞螃蟹玩；林荫大道旁僻静无人的背风处，则藏着一对对情侣。远处，在视线的尽头，几个勇敢的小伙子在不要命地蹚水；当碧蓝的潮水涌来，狗狗们就兴高采烈地冲上去。在这片水天一色的风光中，一个帆板运动员使出浑身解数，单枪匹马挑战卡迪根海湾的浪潮，帆板划过处掀起阵阵水花，真是令人叫绝的一景啊！

1　英国的法定假日，没有固定日期，该日银行暂停交易，很多商店关门休息。

这一切勾起了我的兴致，为了和这些欢乐的人打成一片，我运用了我在作家生涯中常用的技巧：厚颜无耻。比如，当我看见一个小孩在矮墙上摇摇晃晃行走的时候，我就评论道："这我以前也能做到。"这句话一下子赢得了孩子父母的欢心，他们回答："可不是！那时候我们可精神呢！"再比如，我遇到一个吃冰激凌的女人，我就问她："我可不可以舔一口？"这句话一下子让她和她的朋友们扑哧一声乐开了花。

　　诸如此类。我想说的就是，在这阳光明媚的一天，在这风景如画的海滩，在这普天同庆的欢乐气氛中，我们每个人，不管年纪大小，都希望与整个世界融为一体；这样，一个暮年文人老掉牙的搭讪技巧，竟然也有用武之地呢。

第 36 天

今天早上，我被一阵奇怪的噪声吵醒。这是一种持续不断的咔嗒咔嗒声，颇有规律，是从屋内或院子里的某处传来的。这让我担心，是不是油汀系统、电路或水管出故障了——或许是我的老电脑不堪重负了？结果都不是。我从楼下窗户探头出去，看见了这一幕：

花园的一张木桌底下，趴着一只橘猫，它是一户邻居的宠物，偶尔来我家玩。现在，它没有呕吐或发出那种噪声，而是呆呆地趴在那里，不停颤抖；在它面前一两英尺（1 英尺约为 0.3 米——编者注）处，一只体形硕大、外貌俊俏的喜鹊，正直勾勾地盯着橘猫的眼睛，同时鸟喙上下相击，发出了电流一样的咔嗒咔嗒声。看来，喜鹊正在对橘猫发出遗传学上的照会，其内容显然不甚友好；我虽然是一个爱猫人士，但也觉得喜鹊确有几分道理。它的家族已在这里筑巢繁衍了好几代，橘猫不应出现在它的势力范围内。我当然没有干预，随它们去闹，只是心里庆幸，还好盥洗室的下水道没有出问题。我刚才还看了一眼，一鸟一猫似乎陷入了僵持状态，橘猫故作轻松地舔着自己的毛，喜鹊则退到较远的安全位置，满怀愠怒地敲击鸟喙，发出咔嗒咔嗒声。

　　看来，这一鸟一猫已经吵够了，也出够了洋相。我心想，花园内有足够的空间供它们两个容身呀，不管它们怎么分配，都祝它们好运吧！然后便不管不顾，沉湎于我自己的琐碎幻想中。

第 37 天

　　《纽约时报》的编辑团队多年来对我恩宠有加，这不，上星期邀请我为一部极为畅销的历史巨制撰写书评。只不过我实在是没有力气读完这部大作，更不用说评论了，所以我婉言谢绝了这一任务。

　　不过，正当我致信说明的时候，我忽然想到，自己也有一本书在同一时期出版，当然了，在全书篇幅、学术水平和写作目标上与这部历史巨制不能同日而语；事实上，我的小书相比之下简直就是来搞笑的。既然我很明显没有足够能力来评论这部历史巨制，那么我想，我肯定有能力评论我的小书吧！所以我写信给《纽约时报》的编辑，希望由我来写我这本小书的书评。他们看上去对我的提议不以为然，我只好向他们保证说，我的自我评价不但公正无私，而且还可能毫不留情地批评自己的写作风格——因为我最清楚自己的缺陷呀。要是作者常常为他们自己的书写个评论，和独立批评家的评论一起放在书中，那该多好啊！我越想这事，越觉得有趣。

我这本即将付梓的小书就是《心之眼》，我的第一本思想日记。说真的，这本书获得成功固然让我感到非常欣慰，但它也有不足之处，我对此再明白不过了。我的自我评价只能算是业余水平，多半无法与同一页上的专业评论相匹敌；不管怎么样，读者可以比较这两种评论，然后作出是否购买的决定，这不是很有意思的事吗？

　　当然了，我得承认，要对自己的文学作品作出评价的话，我往往不能一以贯之地坚持我的道德水准。我毕竟只是个普通人，就像大多数作家一样（可能有一小部分作家不是普通人）。

　　《纽约时报》的编辑们显然就是这么想的——他们可不是傻子！

第 38 天

　　昨天有个电视节目，说的是美国早期航天计划。当时美国国家航空航天局（NASA）还没有商业领域的竞争对手，其航天英雄几乎都是军人。汤姆·沃尔夫[1]在 1979 年出版了一本名为《太空先锋》的书，描写的就是这些宇航员的事迹。如今，乘坐火箭前往国际空间站已成为司空见惯的事，财大气粗的资本家正在计划太空旅游和火星殖民，那么昔日的宇航员现在的情况怎么样？这次电视节目采访了一些退休宇航员，让我感到饶有兴味。

　　第一代美国航天先锋是不折不扣的英雄，而我作为他们的同时代人，看到他们现在仍精神矍铄，保留了英雄气概，欣喜不已。近 70 年前，我第一次踏足美利坚合众国的土地，从那以后，美利坚合众国的声誉每况愈下，在我看来真是我们这个时代的一种悲哀啊。

1　汤姆·沃尔夫（1931—2018），美国记者、编剧，被誉为"新新闻之父"，作品有《虚荣的篝火》。

也许这种退步的背后有其原因，谁知道啊，不过在我看来，美国不只是一个国家，还是一种哲学和艺术上的构想，它的内心仍然保留了过去的宏伟、大气。如今，"英美特殊关系"这一倡议虽然已千疮百孔，但我仍对之抱有希望；正当欧洲"旧世界"在混乱中艰难跋涉时，美洲"新世界"的"太空先锋"还老当益壮，这让我心中感到几分宽慰。

第39天

由于品味简单，我喜欢好听的曲子，尤其是像巴赫、贝多芬、莫扎特、瓦格纳、普契尼这样的天才谱出的曲子，本身就是不朽之作。不过，我也喜欢现代的剧场曲目，我脑子里最近就盘旋着一首曲子《我要脱帽致敬》，它不但旋律悦耳，容易用口哨吹出来，而且最重要的是它表现了浓浓的澳大利亚情调。

这首曲子是20世纪60年代我在写一本有关悉尼的书时第一次听见的，出自那时的一部当红音乐剧《伤感的家伙》，该剧由澳大利亚作曲家阿尔伯特·阿伦作曲，歌词则来自澳大利亚诗人C. J. 丹尼斯（1876—1938）极受欢迎的诗作。那时，我刚来到悉尼没几年，起初感觉不太美妙，因此对澳大利亚抱有贬褒不一的态度；不过，我一向赞赏澳大利亚社会的质朴一面——既有粗粝的喧闹，也有不羁的欢笑。

随着澳大利亚逐渐发展为成熟、有影响力的大国，澳大利亚社会也变得平和了。不过在那时，每当我用口哨吹出或哼唱出《伤感的家伙》中那首主题曲的歌词——"我要脱帽致敬，可爱的朵丽安，只要你一句话，我就是你的人啦，朵丽安"，我就从心头感受到澳大利亚旧日的狂野精神。这首曲子完全不讲委婉、含蓄，但我觉得，就连莫扎特、普契尼、瓦格纳都会对它倾心有加呢。

到了 20 世纪 90 年代，我心头回荡着《伤感的家伙》的旋律，终于完成了这本关于悉尼的书；那时情况还是一样，我常常感觉到澳大利亚的存在带有几分阴险的意味，更加令人魂牵梦萦，更加叫人捉摸不定。最近，我没有阅读我自己的文字，只是从四处查到；从过去的澳大利亚走来的阿尔伯特·阿伦和 C. J. 丹尼斯，继续以他们的绝妙作品让我得到听觉上的无限享受。我那本关于悉尼的书于 1992 年出版，在悉尼得到了毁誉参半的评价，在书的结尾处有这样一段文字：

> 悉尼港的海滩笼罩在一片天鹅绒般魅惑人心的黑暗中，漫步其间，我感到我自己有时候被一种失落感紧紧攫住，仿佛时间过得太快，仿佛黑夜中某处有一群黑皮肤土人倚着梭镖，静静窥视着我……

啊，亲爱的澳大利亚，不管你对我是什么看法，你都是有道理的。你的过去不事雕琢、质朴可爱，你的现状错综复杂，你的未来必将辉煌；为此，我要向你脱帽致敬。

第 40 天

只要我见识到比我更高超的才华、更深邃的直觉,我必五体投地,以示倾慕。如果莎士比亚写了一个肥皂剧,我会带着崇敬的心情来欣赏,同时惊叹于他卓尔不群的天分。相反,我完全看不懂保加利亚裔美国艺术家克里斯托的作品意图:他的最新作品是修建 7 506 个筒状物,让它们水平悬浮在伦敦蛇形画廊上空;这件夏季艺术装置名为"伦敦马斯塔巴","马斯塔巴"是古埃及的一种墓穴。

克里斯托和他的妻子珍妮-克劳德在 1935 年的同一天出生,夫妻俩一直合作进行艺术创作,直到珍妮-克劳德于 2009 年去世。他们一起创作了大量艺术作品,我有幸欣赏过不少,但总逃不脱这样的观感:大部分纯属荒诞不经、异想天开的玩意。这些作品多对现存建筑或风景进行短时间的改头换面,因此体量巨大,有时还以透明塑料布包裹,其中有名的包括柏林的德国国会大厦、加利福尼亚的一幅 24 英里(1 英里约等于 1.6 千米——编者注)长的土地、纽约的中央公园、阿联酋的大堆油桶陈列;最出格的一件作品是德国的一个大型充气装置，由欧洲最大的两台起重机吊在空中长达 10 小时，25 公里内都能看见，不过我苦思冥想，也不能发现这件作品有什么意义。

当然了，大多数人对此欣然接受，全世界因此增添了很多这样的奇观。澳大利亚邀请克里斯托夫妇将悉尼海湾边的一整段海岸线用合成纤维包裹起来；美国科罗拉多州花了 40 万美元，用 2.9 万吨混凝土撑起钢桁架，将 1.4 万平方米的巨型布片悬挂在洛基山脉的一个山谷上空，可惜两天后就被狂风吹垮；克里斯托夫妇在纽约中央公园内竖起了 7 000 多个用橘黄色纤维制成的"大门"，纽约市长盛赞"这是全世界最振奋人心的公共艺术项目"：世界各地的政府无不以拥有克里斯托夫妇的作品为荣。一位享有盛名的评论家这样赞扬克里斯托夫妇的包裹艺术："遮掩之间，尽显风情。"

克里斯托夫妇在道德上无可指摘。他们虽然从其艺术作品中获利，但那可以说是间接的，因为他们自己为其艺术项目提供融资，而且不收入场费。他们阐述了作品中多方面的用意，这些都是摊在明面上的：让观众以新的方式发现身边熟悉的事物，领略其中的美。

那当然非常好。我相信他们。我很赞赏他们对作品的阐述，而且我也钦佩他们的胆大妄为，几乎到了惊世骇俗的地步。不过，他们的作品实在是不符合我的审美；尽管艺术鉴赏家盛赞其作品为"环境艺术"，但在我看来，那些东西只不过是外表光鲜，纯属瞎扯淡。我既然早已领略了纽约和柏林的克里斯托作品，那就不必大老远从威尔士坐火车去伦敦蛇形画廊观赏飘在空中的圆筒云朵了吧！

当然，那些圆筒才不在乎呢。

第 41 天

昨晚临睡前，我读完了列夫·托尔斯泰的《安娜·卡列尼娜》，这部 960 页的巨著是由路易斯和埃尔默·毛德夫妇译成英语的。

很多年以前，在的里雅斯特的一个酒吧，我在另一本《安娜·卡列尼娜》的书页里，用酒后潦草的笔迹写下了"此书堪称世间最佳"的评语。现在，我基本上仍是这么认为的。要知道，我强烈怀疑我那时候年纪尚轻，还没看完全书便在酒酣耳热中写下了这句评语；那位年轻的简·莫里斯，恐怕和《安娜·卡列尼娜》的许多读者一样，刚刚读到安娜自杀的悲痛场景（在我目前的版本中位于第 905 页）。在现在的我看来，到了这一情节，这部巨著才渐入佳境呢。

读者肯定会记得绅士般的年轻农民尼古拉·列文，他在小说中一直态度和蔼，喜欢提出各种问题，而在结尾处却转换角色，成了某种象征意义上的智慧大司祭。正是这位农民，在俄国璀璨夺目的星空下、巍然屹立的大地上，为我们娓娓道来；我们在阅读这部惊世之作的漫长旅途中所遇到的种种问题、矛盾、谜团和反讽，他为我们解开了一部分。

尼古拉认识到，唯有依靠善的力量，方能解开这些人间的难题。不管人们如何表达、诠释，这一点是没有错的。我在现在这本《安娜·卡列尼娜》的最后一页，充满感激地打了个勾，并写上了一个大字：善。这就是我从星空中读到的讯息。

又及：在这本书上，我还发现了我 1999 年写的小札——詹姆士·阿米斯台德先生在旧金山蒂尔曼广场开了一家远近闻名的书店，但是他当时要关店了，所以这是我能在他那里买到的最后一本书了；阿米斯台德先生还在书中留下了他的告别签名以及一张 22.79 美元的收据。

第 42 天

今天早晨在整理图书馆杂物时，我发现了我于 1973 年发表在伦敦《遇见》杂志上的一篇文章（现在我才知道，这个杂志一直接受美国中央情报局的秘密资助）。这篇文章很长，写的是英国皇家海军，这一主题对我来说意味着一种诗意的忠诚。

如今，已经过去了整整一代人，再读这篇文章竟然让我有几分感动。对如今的英国人来说，皇家海军已是明日黄花，不再具有特别的吸引力，但你要是读到我那篇旧文的最后一段，也许就会明白那时皇家海军对我意味着什么。

那会儿，我在普利茅斯高地的海军纪念馆周围闲逛，瞻仰历史上的英国舰队和遥远地方的海战，以及那些英勇捐躯的历代海军将士。一群小学生叽叽喳喳的，在老师的带领下前来参观；一来到纪念碑前的小广场上，所有人都立即安静了下来。我是这样描写这一幕的：

> 小朋友们站在那里，他们显出的神情倒不是受到震撼，

而是发自内心的不可置信。所有这一切的悲壮、凄楚和牺牲，似乎都超出了他们的理解力，仿佛他们看见的是另一个文明留存下来的纪念物，那些受到缅怀的水手来自外国某个已被遗忘的地方。小朋友们静静地看着纪念铭牌，似乎想问："这上面刻的名字都是谁呀？"那一刻我心中充满了无比的怜悯和感慨，心旌神摇之中，好像听见海底传来的回答："那正是你们的名字，孩子们……"

45年过去了，我也想问我自己的问题：那些海战的目的是什么？敌人是谁？那些水手为何而战？他们是怎么死的？现在，我想知道：那天从海底传来的是谁的声音？

第 43 天

　　民主制度是不是到了寿终正寝的时候了？我不愿意这样揣度，但是，在族群割裂的美国，在凯末尔主义的土耳其，在德国、意大利和匈牙利，甚至在我熟悉的法国，极端民族主义甚嚣尘上。英国曾是民主思想的倡导者和领导者，然而就是在英国，民主只剩下令人失望的假象。2018 年初夏，英国面临着一个重大挑战，其严重性只有第二次世界大战可以与之相比；这个挑战并非来自敌对大国，而是来自民主制度本身，但英国却应对失措，令人嗟叹。

　　不久以前，英国政府让英国人民作出一个民主选择：愿不愿意留在这个被称为"欧盟"的多国政治体之中？英国人民给出了民主的回应。他们说："不要！"因此，就开始了被称为"脱欧"的进程，使这个国家辉煌不再，名誉扫地。

　　我觉得吧，我们应该承认民主制度就是造成这一切的原因。据我所知，"脱欧"公投固然真实可信、一目了然，但是我们这些投票者对"脱欧"带来的深层次政治、经济纠葛并没有多少认识。我们当然不知道个中利害，因为我们只是被请来投票的嘛！我们大多数人对"脱欧"投了赞成票，这是个绝对民主的简单程序，也正是它导致了灾难。

昨天，我在新闻中看到，几千人在伦敦街头游行，他们认为这个民选政府最终提出的建议导致了如此尴尬的局面，因此不管英国"脱欧"进行到了哪一步，都有必要进行——再一次公投！离上一次"脱欧"公投已经过了五年，现在同一批选民又要根据经典的民主原则再来一次公投，真叫人哭笑不得啊。

第 44 天

毫无疑问，一位不速之客已来到崔芬·莫里斯老宅，和我们住在一起。那就是老年痴呆症，它牢牢攫住了我亲爱的伊丽莎白。她虽然大部分时间看上去一切正常，但就像世界上无数老年人那样，一阵一阵地受到老年痴呆症的困扰。这种遭遇固然悲惨，不过有时也让人忍俊不禁，下面就是一个例子：

昨天上午，广播电台播放了我的访谈节目，我谈的是我的惯常主题：早已被世人遗忘的大英帝国。不是我自夸，这节目不但引人入胜，还能让人有点小感动。昨天傍晚有重播，我觉得伊丽莎白会想听一听，所以吃完了晚饭，我们舒舒服服坐在沙发上，开了收音机，听我的访谈节目。节目中穿插着精选音乐，我听着感觉相当惬意。半小时后，节目结束，我问我亲爱的伊丽莎白："觉得怎么样？"

"嗯，还行，就是有点拖时间，短一点就更好了。"她想了想又说，"话说，那个唠唠叨叨的家伙是谁？"

好吧，我的小甜心！这就是老年痴呆症的真实写照。我有什么办法，只能苦笑啦。

第45天

一 点 八 卦

昨天，离我家前门只有几英里的小镇波特马多克成了全英国最热门的地方！这是真的吗？当然了，各大媒体都在报道，每个人都在谈论！波特马多克一举成名！有人说，我们的小镇不但是全欧洲最热门的，还是全世界最热门的！

啊，你有没有听说可怜的 B 太太？她的关节炎犯了，可难受呢。

第 46 天

　　说到波特马多克，我正在太阳底下翻阅一本相册，里面的照片都是波特马多克在其全盛时期（19 世纪 20 年代到 20 世纪 20 年代）的英姿。我们周围多是克里基斯这样的威尔士古镇，矗立在卡迪根湾上空的中世纪城堡就代表了它们的悠久历史和独特风格。波特马多克和它们不一样。这个小镇是世界工业革命的产物：当时，建筑材料到处都供不应求，威尔士北部山区的石板开采场突然成了炙手可热的大产业；于是，人们修了铁路通往这里，而原料产地旁边的一个海滨小村逐渐发展为欣欣向荣的威尔士港口；随着各类船坞和企业的涌现，这里培养出一个与众不同的威尔士社群，而由纵帆船组成的商船队把上好的威尔士石板运往世界各地。

　　波特马多克仍是一个欣欣向荣的小镇，不过 20 世纪 80 年代以后就再也没有船只驶出它的港口了。现在，镇上有的是超市、旅游景点、慈善商店和浓郁的英格兰味。而我则试图想象，上溯四到五代人，我在这镇上会有什么样的生活。

　　首先，我觉得这里应该有一个人数不多但十分自信的社群，因为这些老照片里看不见一丝怀疑的影子。我想象，如果在我曾祖父的时代，我是这小镇上的一员，那我必定志得意满，神采飞扬。你看，老照片里的男孩女孩一个个脸上洋溢着自信和快乐，和今天的男孩女孩毫无二致。他们生活的这座小镇热闹而繁荣，虽然展现的是威尔士气质，用的是威尔士语，但正稳步与当时的社会需求接轨。

小镇上没有失业现象，没有贫困人口，小教堂里挤满了信众，投机者和企业家都能从经济发展中分到一杯羹。码头上威廉·格里菲斯的航运学校里，年轻的海员蜂拥而至，都想出海赚上一笔钱；楼下卡森先生的银行窗口装上了铁栅栏，以防备心存不轨的宵小之徒；药剂师莫里斯先生生意兴隆，开了两间店铺；派克家族在商业街上开了他们的报馆，而且据该处经营者今早向我确认，报馆现在仍正常运营。镇上有一支业余铜管乐队，还有一个交响乐团，大约50名演奏者身着礼服，戴着礼帽，十分气派；有足球队、板球队，当然还有一个极为活跃的本地艺术家年会。1905年特雷马多格寄宿学校的学生合影中，第2排左起第4个小姑娘似乎笑得有点不合体统，不过我想大家肯定会原谅她的。

总之，如果要我根据这些老照片作出判断的话，我觉得昔日的波特马多克是个勇敢、自信的小小社群，它自给自足、让人羡慕，离世界中心那么远，只是以自己的起源、喜好、文化、语言和能力为荣，在这个世界让它失去自我之前，小小地繁荣了一番。

波特马多克现在当然还是个好地方：在这个离我家不远的小镇上，人们和蔼可亲，与人为善。然而，历史上存在了仅仅几代人的一种身份认知上的创造性发挥，却已永远消失了。

第 47 天

过去几天，足球成了全社会的热点。第 21 届世界杯足球赛正在俄罗斯举行，赛事直播节目在通布图经卫星中继后传送到威尔士的拉纳斯蒂姆杜伊，占据了每家每户的电视屏幕。我看了每一场比赛，心驰目眩之余，对民族主义、爱国主义等的复杂感悟又增添了新的理解。且听我一一道来。

如今，国际足球赛事往往伴随着球迷的摇旗呐喊等各种疯狂行为，我一向对此深恶痛绝。足球只是一项体育比赛，其规则于 1863 年在英格兰的沃里克郡正式制定，说来也十分简单：足球比赛的目的就是"将球踢进对方球门内"。

然而，从 1863 年到现在，足球比赛已经从这一简单规则演变成了某种技巧展示大会：球员们卖弄花活，让球在球场上从这里飞到那里，不断遭到拼抢、铲断、阻截，被一条条腿或一个个头大力开出；有时顺利送达目标，叫人佩服先见之明，有时则遇到裁判吹哨，令人不明所以；只有在极偶然的情况下，才会被"踢进对方球门内"。我也看不明白其中门道，不过我得承认，在 2018 年世界杯期间，我陶醉于足球的魅力之中……

今天我还有话要说呢。我认为最高水平的足球比赛是一种实现"善"的工具。那些痴迷足球的无知群众，当他们的队伍获胜时，无不欢呼雀跃，这令人颇感荒诞；而当他们的队伍失利时，他们看上去也并不十分难过。球员们也是如此：遭遇败绩时，虽然垂头丧气，却并不怀恨在心。我认为其中原因是，足球运动已达到了真正意义上的国际化，专业球员能够在不同队伍乃至不同国家之间自由流动，这样一来，一个地方的球星就不再只属于这一个地方了。举个例子吧，只要付出一笔转会费，球员就可以从通布图"漫游者队"转到拉纳斯蒂姆杜伊"热刺队"，或者反过来。

这也意味着很重要的一点：所有罪恶、可笑的种族歧视，在球迷那里都行不通了。据我所见，俄罗斯世界杯的每一支强队都由不同肤色的球员组成，这种多种族构成只不过是球队出于常识或为了争取最好的获胜机会而自发采用的——社会其他方面也是如此。

最重要的是，这个星期我开始认识到，国际足球赛事本质上是一种普遍的慰藉。这个世界太需要慰藉，因为它缺少精神、物质的庇护，缺少死心塌地的忠诚，缺少宗教信仰的支撑，缺少同胞情谊的扶助。在世界杯的最后几天，我越来越意识到，这场国际足球赛事正是人类的友谊和安慰所带给这个世界的一抹亮色呀。

第 48 天

那天，一位美国好友从纽约给我来信，我平生第一次和他有了看法上的分歧。信中说，美国总统特朗普即将访英，特朗普的批评者们摩拳擦掌，准备趁此机会对他大加调侃；有人用气球做了一个特朗普卡通像，这是个通体黄色、洋洋自得的庞然大物，有近 20 英尺（1 英尺=0.304 8 米）高，把特朗普画成一个穿着尿布的愤怒宝宝，在伦敦上空飘来飘去——不是来送祝福，也不是来开玩笑，而是居高临下表示轻蔑。

我的纽约朋友一向挑剔，他倒是对这一创作十分赞许，我当然能够理解。我对美国总统特朗普有一点褒贬不一的陋见，不过我完全能够理解为什么我认识的每一个美国人几乎都痛恨特朗普及其政策，并由此欣赏"特朗普宝宝"巨型气球。我敢肯定，数百万英国人也会欣赏这一调侃，伦敦市市长本人就对此表示了支持。不过，我却是个例外。

我认为在公私事务中，一定要讲文明，除非战争让社会进入了是非颠倒的野蛮时期。特朗普是在英国首相的邀请下访问英国的，首相目前是我们的第一公民；他还要受到英国女王的接见，女王是我们国家的象征。虽然我是支持威尔士独立建国的共和主义者，但我明白这一切外交礼节照顾到了英美双方的体面；我以为，就像人际交往一样，国际交往也要遵循良好的礼仪。

我向这位美国朋友阐明了我的看法，得到了他毫不客气的回复：在这事上，高雅品位和善良心地是没有意义的，因为特朗普本人鄙视这些东西；相反，只有调侃这一手段才适用于他这样的人。我的美国朋友毕竟是一位美国绅士，在他的回复最后，他这样写道："如果我不能说服你，那也没事；你坚决维护你的信仰，这让我更爱你了！"

总统先生，你的人民有这样的见识，你如何应对呢？

第 49 天

美国总统特朗普结束访英，启程回国，留下了令人莫衷一是的各方反应！在访英期间，他表现得既蛮横无理又逢迎谄媚，笨拙地显示风度，却暴露出粗俗本质，就像个愣头青或者半大小孩。总之，所有这些轻率莽撞、令人费解、莫名其妙、不可理喻的品性集中在他身上，让人们不得不承认他就是当今最有趣的国家领导人。不管你喜欢他、讨厌他、鄙视他，还是对他的政策高举双手表示绝望，不可否认的是，唐纳德·约翰·特朗普确有几分魅力。

他就像一个来自外太空的陨石，让所有人都捉摸不透，猛然间闯进大气层，又自己飞了出去，只留下一大滩放射性物质；他的妻子，美国第一夫人，倒是比他优雅得多，还能小心翼翼地绕过这片残留物，而和他打交道的各国元首和政客只能装作没看见。至于我嘛，我仍抱有希望。特朗普还没来过威尔士，这次他访英时遭到了数千英格兰和威尔士示威者的抗议，我对这种充满敌意的公开行动持保留意见。他的种族政策固然讨人嫌，他的政治手段固然不光彩，但我总是本能地认为，如果特朗普的第一个总统任期是个噩梦，他的第二个总统任期也许最后能证明，在这个动荡不安的世界，他当政反而是件大好事呢。

不过，还是别听我的吧，因为特朗普会大叫："假新闻！"

第 50 天

有一件事让我吃了一惊。伊丽莎白患上了老年痴呆症，这事我从不忌讳和别人谈起，因为我总觉得这样多少有助于引起大家的重视。昨天我对一个人谈起此事，他回答："啊，对，我的猫也得了这个。"

猫咪痴呆症！好像是啊。那只猫在饱饱吃了一顿后，马上又喵喵叫着要再来一顿，可是食物送上来后，它却完全没有一点兴趣。这位爆料者把他的猫送去了兽医那儿，结果诊断结果就是：痴呆症！这只猫并不是贪得无厌，而是似乎已经忘了它刚刚吃过。

我把这件事告诉了伊丽莎白，她看上去并不特别上心。我自己也记不得那时候是快要吃午饭还是刚吃完晚饭——老年痴呆症也要找上我了吗？

第 51 天

　　葡萄酒公社是一家历史悠久的非营利老字号企业，起源于 1876 年世界博览会上的农业合作社葡萄酒公社有限公司，至今仍生意兴隆，我常在那里订购我家的葡萄酒。这家公司定期给我寄来印刷精美的商品目录，上面世界各地的葡萄酒应有尽有，琳琅满目，不但质量上乘，而且几天内就能送达。对于一个爱好葡萄酒的退休老人来说，这真是太方便了呀！

　　那我会不会根据目录来下单呢？当然不会。我才懒得麻烦呢。我只订购葡萄酒公社的套餐，里面包含了几十种搭配好的白葡萄酒和红葡萄酒，我就闭着眼睛下单，根本不考虑酿造年份；然后通知该公司，如果送货时我不在家，那就请快递员把货物放在院子里一个蓝色门的小棚子里面。

　　可是啊，可是……我确实对葡萄酒有一点小怪癖，就是喜欢下了单后在脑子里恣意想象目录上的葡萄酒。我的浪漫想象总是让我希望品尝那些我所了解和喜爱的地方所出产的葡萄酒：来自意大利威尼托大区的"酒神激情"，据目录所说，这酒是将葡萄部分风干后酿成，形成了其后劲十足的特点；黎巴嫩的慕莎酒庄风景宜人，那儿的葡萄酒口味超凡；南非的斯坦陵布什酒庄历史悠久，出产著名的"西拉子"葡萄酒；美国加利福尼亚的"仙粉黛"葡萄酒貌不惊人，但是据目录所说，能"发出悦耳的汩汩声，令人食欲大开"；从澳大利亚进口的葡萄酒，沁人心脾；我从威尔士开车去牛津时，常经过格洛斯特郡，那儿的"三个唱诗班"葡萄园非常有名，出产的酒要是来上一瓶应该不错。

还有，哪怕是最粗劣的松香味希腊葡萄酒，我见了都像不要命一样；很久以前，在喧闹的希腊酒馆，我常喝得醉醺醺的。所以，葡萄酒目录为这一老品种打出了新宣传语——"美味、水果味加松香植物口味"，我就心动了。

美味？水果味？还有松香植物口味？太棒啦！

不过还是算了，我太懒了。反正已经下单了，那个曾参加过国际博览会的公司马上就会送来快递箱，里面就和往常一样，装着12瓶白葡萄酒、12瓶红葡萄酒。

第 52 天

先知弥迦是对的！先知弥迦是谁？他所尊奉的又是哪一路神仙？我哪里知道，但是今天我看到他说的一番话，觉得非常认同："世人哪，耶和华已指示你何为善。他向你所要的是什么呢？只要你行公义，好怜悯，存谦卑的心，与你的神同行。"[1]

弥迦的话语，在我看来是千真万确的。我不由得想到，弥迦之后又有一位先知，虽然名字不同，但一样将善行义举奉为楷模，并向大众呼吁："你去照样行吧！"[2]

那么，还有没有必要搞清楚弥迦尊奉的是哪一路神仙或者邪魔外道呢？我觉得这是没有意义的，而且我还认为，不管什么年代，不管人们存有什么信仰、教义或争议，善本身就是值得他们尊奉的神。

今天的说教到此为止！

1　出自《旧约·弥迦书》。

2　出自《新约·路加福音》。这句话是耶稣说的。

第 53 天

在我这个退居于威尔士偏远乡村的老年观察者看来，英格兰城市的年轻人实在是全无可爱之处；在他们身上肆虐，造成他们堕落的，正是当今社会的种种弊端：流氓习性、暴力行为、种族主义，沉迷于电脑、手机、电视真人秀、毒品、娱乐圈红人，家庭生活的全面解体，英国国际地位的快速下滑。我记忆中的景象可不是这样的啊！与之相比，英格兰年轻一代看上去真是不招人喜欢。

不过，昨天的经历让我的看法有所改观。开车途中，我在本地一家路边小店——美国人以前称之为"冷饮店"——停下来买一杯咖啡。这天正好是学校的期中假，小店里满满当当的都是从最近的英格兰城市利物浦和曼彻斯特（或许还有伯明翰）来的游客，他们拖家带口，离开现代化工业城市，来到威尔士乡间海滨度假。

在小店里我很快发现，英格兰年轻一代并不像我想象的那么不堪。我的桌边围满了孩子，吵闹声沸反盈天，孩子们用各种流行热词和稚气态度互相交流，让我略感困惑，不过心里毫无疑问是非常开心的。那么，这些就是我常听说的城市孩子，不幸成长于英国脱欧时代的年轻人！他们看上去充满活力，富有幽默感，对老年人彬彬有礼，而且总体上来说身心健康。那家小店虽然喧闹，但其中的种族多元性自有一种精神力，让我十分受用。

写作这一职业，让我喜欢凭本能作出反应；一种没什么根据的本能（而不是对过去的记忆）告诉我，当下这一代喧闹不羁、富有活力的英格兰年轻人要比年轻时没有手机可用的我有趣得多呢……

第 54 天

英国广播公司电视台最近重播了一部老剧，引起各界议论纷纷，因为这部搞笑剧集据说宣扬了某种爱国主义情绪。该剧名为《老爸的军队》，说的是"二战"期间一群超过服役年龄的老年人组成了一支兼职民兵队伍，自称"国民军"。在我看来，该剧嬉笑怒骂，噱头十足，令人过目难忘。

我今年 92 岁了，应该能成为剧中"国民军"的一员，因此我觉得我有资格对该剧发表意见。我十六七岁的时候，从寄宿学校逃出来，回到萨默塞特郡的家中，就是为了更好地为参军做准备。我在寄宿学校的军官训练营里已经参加过一点初步军训，所以去本地国民军报到时，虽然年龄不足，但立即受到接纳，从此正式参了军。

真正的国民军可不像《老爸的军队》中那样搞笑，但是它令人难忘的程度是一样的。国民军最初叫作国防义勇军，是各地自行组织的武装，士兵来自各行各业，有不同的社会背景，大多数都是参加过第一次世界大战的老兵。我当时的上级军官是一位地方乡绅，他曾于 1914 年因战功卓著而被擢升为中校。我所在的部队每星期训练一次步兵战术，我记得我们还组建了一支板球队。这可不是儿戏呢！如果德国人真的入侵英国本土，我所在的部队绝对能对他们造成不小的困扰。

当然了，我那时年纪轻，脑子里装满了天真的想法；我还依稀记得，我扛着古老的李-恩菲尔德步枪，在一片山坡上站岗，面朝布里斯托尔海峡，对面就是威尔士海岸，热血澎湃之下，不由得在心里暗暗想，"让他们来吧！我们要给他们一个教训！"

可是他们没有来。不久以后，我去了另一个地方、另一个部队，并驻防五年；再以后，我自己也变成了另一个人。

又及：我至今仍热爱《老爸的军队》！

第 55 天

今天，我经历了一次跨越大西洋的超现实交流！

一、我告诉一对美国夫妇，因为一位威尔士自行车手赢得环法自行车赛冠军，所以威尔士的所有城堡都亮灯祝贺。

二、她回邮件表示祝贺，并说她想去伊斯坦布尔。

三、我询问：为什么想去伊斯坦布尔？

四、她回复说她也不知道。

五、我回邮件：伊斯坦布尔，伊斯坦布尔，为什么君士坦丁堡受到这样的折磨？[1]

六、他回复说，这首歌他十分熟悉，可这么一来，在他脑子里盘旋不去了。请问，有什么办法可以解决？

七、我说，可以听一下贝多芬的《第五交响曲》，看看有没有用。

随后，我再也没有收到他们的回复。

---

1 出自美国音乐组合"明日巨星"（They Might Be Giants）的热门歌曲《伊斯坦布尔》。君士坦丁堡为伊斯坦布尔的旧称。

第 56 天

在我看来，人工智能的威胁日趋严峻。今天，我看到一则新闻，委内瑞拉的一次总统竞选活动受到了邻国哥伦比亚投放的一队无人机干扰。哥伦比亚的动机不明，但其无人机干扰显然是失败了，因为那些无人机在空中爆炸，不知道是出了故障还是被委内瑞拉的狙击手击毁了。另外，虽然我对相关技术一窍不通，但我相信那些无人机是由人在哥伦比亚基地内进行控制的。总之，昨天这一事件的意义在于，一国采取行动干涉另一国内政，不是通过发射火箭、派飞机轰炸或者出动军队，而是派出远程遥控的机器，这些机器现在尚处于人类的操纵之中，但将来完全有可能发展出自主智力。

像无人机这样的智能设备迟早会自主编写程序、作出判断并发动战争——这在我看来简直是必然的结果。现在南美洲的这场争端，只不过是又一次警示：人们很久以来就畏惧的"未来"正在到来。

第57天

今天一大早，我在做早餐的时候，发现牛奶已经馊了。前一晚的雷声犹在耳边隐现，我赶快跳上车，打算去克里基斯镇上再买一点牛奶。只要花几分钟就好，我想，我只要开着我的老本田，在清晨安静的路上飞驰，一路上开开心心唱着歌，到镇上超市拿上牛奶，就可以回家啦。

我真是大错特错。我还没开出大门呢，就听见车里的收音机开始播放《拉赫玛尼诺夫第二钢琴协奏曲》，这一下子让我黏在座位上起不来了。《拉赫玛尼诺夫第二钢琴协奏曲》在多变的曲调中展现了宏伟的格局和惆怅的思绪，既叫人揪心又给人宽慰，既阳春白雪又下里巴人，古典音乐曲目中很少有比它更打动我的了。20世纪30年代，拉赫玛尼诺夫的作品在苏联遭禁，理由是他的音乐反映了"中下阶层的颓废思想"——我想，这不就是我的最好体现嘛。

我黏在座位上不能动弹、心中充满旅行者浪漫情怀的当儿，这首钢琴协奏曲将我带到了外国一个特别的地方：瑞士卢塞恩湖边的小镇维吉斯。我曾经好几年在那里盘桓，那儿给我的印象至今仍像散落一地的马赛克，在我的头脑深处闪闪发光：白雪皑皑的群山、平静的湖水、欢乐的儿童，最引人瞩目的是优雅的白色桨轮式游船在湖上来来往往，船上的老船长气派十足，老式蒸汽机哐哐作响……

《拉赫玛尼诺夫第二钢琴协奏曲》为什么让我想起了卢塞恩湖上的老式游船呢？这是因为拉赫玛尼诺夫退休后居住在卢塞恩湖畔的一幢白房子里，就离维吉斯不远。我猜想，或许那些老式蒸汽机的活塞节奏也让他有所触动吧。

不管怎样，我坐在车里，听完了钢琴协奏曲的最后一个音符，然后才出发去买牛奶。

第 58 天

　　威尔士北部是英国的小小一角，位于欧洲的边缘，也算是我们所谓"西方世界"的中心了。我不知道别的地方怎么样，但是在这里，如果你每天看新闻的话，就会发现世界各地传来的消息都是一片喧嚣杂乱、干戈扰攘。我们该相信谁？我们的目标是什么？为什么定下这样的那样的目标？我觉得，似乎只有坚持教条的人才能明确这个世界应有什么样的未来，但这样的人难免就限于教条主义了。

　　世界上的各大古老宗教不见得让我们有更多的选择。人们要么相信某个神明，要么不信，这样一来，世界上数百万人失去了他们与生俱来的对信念和行为的指引，不得不寻找一种新的启蒙路径。

　　东方神秘主义虽然三句不离"道"，但也难以索解"命"；西方神学曾经大肆宣扬"来世"，现在则收敛得多了。当然，西方神学家常常申辩说，他们所说的"来世"是指一种无形无影、虚无缥缈之物；我猜想，西方基督徒中大概很少人会有意识地通过行善积德来获得通往天堂的门票。

那么结论是什么？我的结论——还有希望——就是，世界上亿万人最后一致认为只有一种简单而宏伟的信念（结合了"道"与"命"，不管大家相信与否）能够指引大家走出当前局势的无尽混乱。列夫·托尔斯泰将这种信念称为"仁慈"，我也为此身体力行，发起了一个倡导仁慈的运动，大家无须成为会员或捐助钱款，只要有心追求正道，就能加入这一运动。

啊哈！你以为我说的是"善"，其实我时不时玩一把求雅换词[1]呢。

1　英语修辞手法，指为了凸显文采，增强文章表现力，避免重复使用一个词，而另选他词。

第 59 天

　　昨天说到为了免得读者腻味而换词使用，我忽然想到，今天正是这两部思想日记的第 250 天，我都腻味我自己了。

　　我敢说你们也腻味我了吧！万幸的是，你们可以轻声嘟囔一句，然后另取一本书来看。而我呢？我只能永远陷在我的语气、我的文风、我的节奏之中，还有我那自鸣得意的派头和老掉牙的幽默，除此之外别无他想。

　　更严重的问题是，我陷在"我"里面出不来了。这 250 天来，我向你展示了一个我辛苦打造的人设。我让你觉得，这是个多么可爱的人啊！年过九旬，老当益壮，人生充满了各种变化和惊喜，拥有错综难辨的性别认同，对人生伴侣的爱始终不渝，还照顾家庭、养育后代、照料宠物！可是事实上，有多少次看似异想天开的行为掩盖了我的力不从心，让我感到心酸。我自诩奉行"善"的理念，可一旦受到质疑，又是多么容易放弃啊！伊丽莎白有时老年痴呆症发作，逐渐昏聩，我对她就不像平时那么好；我对孩子们也并非永远宠溺有加；对老朋友也未必永远有求必应；对蠢货也未必永远耐心十足。总而言之，我不见得像我在这250天里所宣示的那样和蔼可亲。我想你现在大概也同意，我得忍受这么一个无聊透顶的"我"，这大概是世上最惨的事情了吧。

不过呢，一码归一码，我还是有值得一夸的地方嘛！你看我承认错误的态度多么自然、坦率。我坦承我本性中最坏的一面，并就此道歉。好吧，你现在也许认为，这人总体上还不坏；愿上帝原谅我，说实话，我也是这么认为的啊……

又及：今天不是两部思想日记的第250天，只是第246天。还有很多空间呢……

第 60 天

　　在威尔士全境巡回举办的艾斯特福德节历来被誉为欧洲最大的艺术节，今年在加的夫举行。加的夫是我们双语社区的中心，也是威尔士的大型富裕城市，不但现代化、种族多元，而且拥有悠久历史韵味和前卫艺术性。在这里举办艾斯特福德节，真是太合适不过了。

　　不过，加的夫的一个缺点就是，它不能代表所谓"艾斯特福德节大陆"。比如从地理位置上来说，加的夫位于威尔士南部海岸，距离威尔士最北端安格尔西尚有 150 英里，这一地区多为荒郊野岭。另外，加的夫本质上是一个世界都市、工业港口，它经验丰富、活泼外向，而威尔士则整体上传统内向，充满怀旧情绪和想象力。在加的夫主要说的是英语，说威尔士语的则占少数。艾斯特福德节专为日趋式微的威尔士语设立了"威尔士语纪念节庆"，这一活动以其古老神秘的传统仪式而闻名。在 21 世纪现代都市加的夫扎下帐篷，欢庆艾斯特福德节，我们有些威尔士人可能觉得此举格格不入、前途未卜。

这一看法显然是错误的。从我位于拉纳斯蒂姆杜伊的家到艾斯特福德节举办地有 118 英里之遥，因此我没有亲自探访，而是收看电视转播，倒也看得十分带劲。这让我逐渐认识到，时不时在加的夫举办一下艾斯特福德节，有助于复兴古老的威尔士。神秘的仪式在室内举行，而不是在户外或帐篷内，这让人感觉有几分悲哀；不过，有超过 6 万人前来参加仪式，人数破了纪录，其中很多人也许是平生第一次体验身为威尔士人的宏大意义，这又让人欣慰。由于现场提供翻译，人们完全没有语言障碍；最重要的是，现场气氛十分热烈，不但年长的传统主义者欢聚一堂，各个年龄段的参加者也都兴致勃勃。

　　对于参加艾斯特福德节的大部分人来说，不管他们能不能说威尔士语，有没有来过威尔士北部，这次活动都已成为他们的独特经历，融入他们自身的文化遗产。我毫不怀疑，大部分参加者对自己身为威尔士人十分自豪，并对这一传统盛会终于来到身边感到非常高兴。我的威尔士语水平虽然相当逊色，但我坚信威尔士语将会得到广泛运用，因此，作为一名爱国者，我对这一活动也表示赞赏。

　　一个民族及其传统是否一定依赖其语言来维系？艾斯特福德节当然是纯为彰显威尔士语而设立的，而最能表现这一语言魅力的就是威尔士语诗歌；不过，虽然很多威尔士人以威尔士身份为荣，并倡导使用威尔士语，但有时出于种种原因，更愿意使用英语来进行表达，这其中就包括很多威尔士诗人，从乔治·赫伯特、亨利·沃恩到 R. S. 托马斯和极具代表性的威尔士现代作家迪伦·托马斯。

　　不管怎么样，那天在加的夫，每个人都带着同样高涨的热情，唱出威尔士那首民族歌曲的第一句："父辈的故土，我心爱的地方。"还有副歌："古老的威尔士语长盛不衰！"

　　更进一步而不是退一步来说，我对这些人的看法就是，与其说他们热爱这优美的威尔士语，不如说是钟情于这片可爱的土地本身，所以他们尽可使用任何方便使用的语言来表达内心情感——甚至可以说，不限语言的表达也许最具感染力呢。

第 61 天

各位有没有受到过悔恨的折磨？那天半夜，我睡不着觉，回想我以前写的一篇思想日记，并开始后悔；那篇日记早已结集出版，样书刚送到我手里。

我在那篇日记里提到了我的长子马克，他长期居住在加拿大，是一位知名音乐理论家，曾出版了一部有关 20 世纪作曲家的著作，该著考据详尽，因而备受赞誉。我的日记在谈及别的主题时提起了他，昨天重读这一篇时，我发现我的写法十分差劲，不但无意中贬低了他的著作，也没有表达出我多年来对他的仰慕。

我这些当然都是无心之过，不过，亲爱的马克，要是你今天早上看见了我刚出版的日记，请原谅我拙劣的笔法、接受我的道歉并让我能睡个安稳觉吧。拜托了！

第 62 天

　　每天早晨，为了确保我的电子邮件处于可收发状态，我总是给自己的账号发一个神秘讯息，今天的讯息是这样的：

　　糊涂早晨。

　　神秘莫测吧？其实糊涂是我生活的常态。随着我年逾九旬，各种老年症状开始显现，其中有两大方面对我造成了特别的困扰：身体常常失去平衡；脑子常常犯糊涂。

　　"糊涂"这两个字，完美地归纳了我的生活状态。今天星期几？有没有人登门来访，是哪一位？今天是谁的生日吗？我是不是要去一个地方？如果要去，那是哪儿？

　　真是个糊涂早晨！（请往前翻，看我第 59 天的日记，就会知道得更清楚啦。）

第 63 天

昨天是伊丽莎白的生日，宴会上举座皆欢，只有我一人愁眉不展。

这次生日宴非常成功，菜品丰富多样，一大群男女老少前来祝寿。这样热闹而温馨的场景中，为什么我偏偏愁眉苦脸？我爱在场的每一个人，可我一遇到这样的喜庆场面就手足无措，因此没法融入欢乐气氛中。我尤其讨厌《祝你生日快乐》的旋律和合唱段落，这是个人偏好，无须讳言。

在我记忆中，我第一次听见《祝你生日快乐》是很久以前在一艘游轮上，当时我是一名讲师。那次旅行本来十分愉快惬意，可是有一桌游客唱起了那首该死的赞歌，为其中一人庆生，接着另一桌人加入合唱，有时甚至还有第三桌，以至于那调子狠狠碾碎了我的心神。

那调子喋喋不休，一直到今天，在伊丽莎白的生日宴上复活，憋得我只能一言不发，闷闷不乐地坐在一边。我只希望伊丽莎白不会记恨我，毕竟我们一起度过了几十年，她完全了解我的偏好；

事实上，她可能根本不明白生日宴上发生了什么。我猜，她本人很可能也加入了那可怕的大合唱……

不过，干吗不唱呢，我的老朋友？我也在心里默默唱起了《祝你生日快乐》。

第 64 天

啊哈！真是破天荒，今天的新闻有好消息。天体物理学家乔瑟琳·贝尔·博内尔 1967 年在剑桥大学读硕士研究生时，发现了脉冲星的存在。她的导师就职于卡文迪什实验室，与她合作完成了这一工作，并因这一划时代的发现被单独授予诺贝尔奖。

当时可能有一些知名科学家对此提出了异议，但三十出头的年轻学者博内尔女士平静地接受了现实，并全心投入工作中去。

她的辛勤研究终于得到了回报，她这星期要去美国接受"重大突破奖"，该奖专门颁给全世界作出突出贡献的科学家，奖金高达 230 万英镑。

博内尔女士现已年逾七旬，并因被册封为大英帝国女爵士而闻名遐迩，她如何对待这一新的荣誉呢？她毅然放弃了全部奖金，将其捐献给科学事业。

好样的，乔瑟琳！我对科学一窍不通，但也要祝贺她得奖，还要感谢她为我们树立了这么一个榜样。

第 65 天

山羊是我的最爱，要知道，我相信山羊终有一天会从我们手里接管这个地球。昨天，我翻阅一本旅游手册，发现离我家不远的一个旅游农场推出了矮脚山羊项目，这让我一阵狂喜。矮脚山羊！我从没听说过这个，也不能想象有如此美妙的生灵存在。如果晚上在被窝里和我相依相偎的是一只软萌可爱的矮脚山羊，而不是长着尖角、面目可憎的山羊，那就可以顶替"挪威森林猫"易卜生去世留下的空位啦！

可是，我几乎听见了易卜生这只老猫不满的低吼声："哼！我啥时候和你相依相偎了？老子最不安逸的就是和人腻歪，而且你以后就会看出来，山羊那龟儿子也不爱搭理人呢。"

今天上午，我仍旧去了那家农场。在那儿，人们可以抚摸小兔子，还有羊羔、天竺鼠、漂亮的小马和可爱的小猫可供近距离接触。可是，那些矮脚山羊看上去并不软萌。我给它们带去了食料，它们围着食料袋挤来挤去，我这才发现，它们原来是一种顽强、果断的动物，长着帅气的尖角和胡子，满身的活力都用来贪梦觅食。

　　我的老猫易卜生又对我发出了心灵的低语："我昨天咋对你说的？这小畜生有什么可爱的？去摸呀，要不要嘛？"我把剩下的食料全撒在畜栏里，让它们去争抢，便转身回家了。看来，我平素对摩羯座的敬畏还是有道理的啊。

　　这只老猫，倒是话糙理不糙。

第 66 天

威尔士的一些地区还没有受到旅游业和度假别墅的大举"进犯",居住在这样的地方,一大好处就是能感受到一种亘古以来的本能,这种本能潜藏在事物外表之下,其自身的价值和意义不受外物左右。

我那热爱写诗的儿子蒂姆就拥有这种本能。他日常生活、诗歌创作都用威尔士语,我常感受到他对威尔士的爱;我固然也爱威尔士,但他的爱更加细腻、真挚,和我的爱不是同一种风格。这部分是因为他的威尔士语水平比我高,但主要原因是,他仍然保留了这一威尔士本能。

有时候,邻居、朋友、熟人,甚至完全不知姓名的陌生人,都会请他用高度文学性的威尔士语写一首诗,可以在某个葬礼、婚礼、生日宴或退休庆祝仪式上当众朗诵。他诗中描写的那种与生俱来的兄弟情谊实属自然而发,参加仪式的人们纷纷询问诗意,而诗人则引吭高歌。

游客们络绎不绝来海滩度假,退休人士充耳不闻,只看电视;他们哪里懂得身边充溢着的这种威尔士本能啊……

第 67 天

最近我迎来了我的 92 岁生日，这肯定是我的最后一个生日了。和以前一样，这次生日又把我置于聚光灯下，让我诚惶诚恐。原因是，我的第一本思想日记出版后得到了宣传推广，这倒是我写作生涯里的第一次！时代不同了，文学出版行业也发生了变化，以前为了宣传新书，通常开一个规模不大的新书发布会，有时还在文学期刊上刊登一则广告；这一次，乖乖不得了，宣传推广搞了好大的阵势！

首先，我的思想日记得到了广播推广，电台里整整一星期都在播放该书的摘选。然后是一系列访谈，记者们来我家拜访，对我笑容可掬、寻根问底，在访谈报道中一不留神提到了我的书。费伯出版社在过去半个世纪中一直出版我的作品，这次打破常规，为推广我的书制作了一系列衍生产品，比如印有书中警句的茶巾，还配有晾晒茶巾的衣绳和衣夹。

这些手段还真有效啊，真没想到！我不知道这对具体销售有多大帮助，但从我接到的信件、电子邮件和电话来看，我显然在一星期内成了大名鼎鼎的人物，而且我怀疑，这些突然关心我的无知群众，大概以为我早就入土为安了呢。

　　好吧，我当然还没入土呢，不然你以为写这篇文章的是谁？又是出于什么目的呢？

第 68 天

　　新西兰总理带着她的小宝宝参加了联合国大会的一次会议，这则新闻让我怦然心动。我向来无知，从没听说过这位女士，但我一听见她说话就喜欢上她了。她名叫杰辛达·阿德恩，根据我从十分钟的新闻节目中了解到的，她的政策总体上偏向宽容、自由主义。不过，刚才打动我的不是会议上的小宝宝，也不是政策中传达的意识形态，而是我第一次听到政治家将"善良"作为其政策制定的支柱。

　　你听到过哪位政治家使用"善良"这个词吗？然而在我看来，即便对各种团体的忠诚都失去了效力，"善良"这一抽象概念仍能让我们相信，同为人类，我们本质上是团结一致的。我曾在文章中大谈将"善良"作为一种政治制度；几年前，我半开玩笑半认真地提议成立一个"善心党"，结果很多读者来信询问如何加入。

　　可惜，现在还不行。据我所知，全世界政治家中，只有新西兰总理阿德恩女士看上去将"善良"作为一个政治因素加以考虑。我也可能误解她了。不过，联合国大会欢迎她的小宝宝参加会议，这起码是一个良好的开端呀。

第 69 天

和大多数英国人一样，我恐怕已经对英国脱欧绝望了。我仿佛听到这个古老的国家和我一起对那帮荒唐政客苦苦哀求："行行好吧，干点正事！别一天到晚吵个不停，要拿出点决断来——事到如今，我们这些小老百姓已经不在乎到底是个什么决断了。"

2018 年秋，英国这边走不出政治困境，而来自美国华盛顿的消息更让我晕头转向。尽管我勤勤恳恳地阅读每一篇报道，但还是不知道谁是布拉西·福特[1]，谁是查克·舒默[2]，甚至把后者和查克·格拉斯利[3]搞混了，也分不清黛博拉·拉米雷斯[4]和苏珊·科林斯[5]；至于

---

[1] 2018 年，美国最高法院大法官提名人布雷特·卡瓦诺卷入性侵丑闻，克里斯汀·布拉西·福特是指证他的证人之一。

[2] 美国民主党参议员。

[3] 美国共和党参议员。

[4] 卡瓦诺性侵案的证人之一。

[5] 美国共和党参议员。

谁是民主党，谁是共和党，我更是一头雾水。昨天我读到新闻，米奇·麦康奈尔[6]（他是民主党还是共和党？我哪知道）提议在今天进行最终投票，以结束对卡瓦诺[7]提名的争议；我也是人老多忘事，早就记不起卡瓦诺是谁，他被提名什么职位，最终投票又是什么手续了。

等到我终于读到美国总统特朗普的消息，这才长舒一口气；他倡导老派美式爱国主义，这固然有一定欺骗性，但毕竟还是我的脑子可以索解的。不管怎么样，当你读到这一篇日记的时候，我能够想象，历史这老东西早就气喘吁吁地跑到前头去啦。

6　美国共和党参议员。

7　2018年，布雷特·卡瓦诺被提名为美国最高法院大法官后，爆出性侵丑闻，但他最终通过参议院听证会并顺利就职。

第70天

　　你有没有感觉到，大自然在使出阴谋诡计来和我们作对？我每天在我家门外的车道上走一千步，作为一种身体上和意志上的锻炼，但是今天大自然似乎故意对此进行干扰，令我颇为不忿。早上狂风大作，一阵呼啸的北风从车道沿线直刮到我脸上，而我泰然处之，视之为对我意志的挑战。

　　"我好老呀我好老，只要和你一起老，我就不怕老不老。"这就是我今天的进行曲，我一边在心里念叨着这句话，一边跟着节奏昂首阔步；这句话倒是正好可以献给北风的呢。如果大自然公平地对待我，那我自然也会尊重大自然的威力；我想，等到我转身回去的时候，这阵北风不就可以助我一臂之力了嘛！

　　可是等我往回走的时候，有没有受到北风的助推？才没有呢！在我转身的一瞬间，大自然却忽然让北风消停了，换南风出来肆虐。这一阵邪风，带着谴责和愤怒，极尽狂暴恣睢之能事，从道旁升起，直刮向我这九旬老人的一张老脸。等我费尽千辛万苦回到家，我哼的已经是另一首小曲了。

又及：好吧，我知道"邪风"这个词不合适，可我喜欢这个词，而且我还从没用过呢。

第 71 天

我有一件独一无二的运动夹克，我常喜欢在人前炫耀；要是有人没注意到我的运动夹克，我就大为失落。这件夹克的特别之处在于胸前有两枚与众不同的徽章，我得告诉你，全世界只有两个人有资格同时佩戴这两枚徽章：一个是多年前将这件夹克作为圣诞礼物赠给我的友人，另一个自然就是我。

每个人——好吧，差不多每个人——都知道这件夹克左胸这个古朴典雅的徽章是牛津大学基督教会学院的标志。该学院是红衣主教沃尔西于 1525 年创办的，13 位英国首相在那里接受了教育，更不用说刘易斯·卡罗尔[1]、爱德华七世[2]、约翰·洛克[3]、W. H. 奥登[4]、约

1　刘易斯·卡罗尔（1832—1898），原名查尔斯·路特维奇·道奇森，英国数学家、逻辑学家、童话作家，代表作有《爱丽丝漫游奇境》。

2　爱德华七世（1841—1910），英国国王，维多利亚女王的继任者。

3　约翰·洛克（1632—1704），英国哲学家，启蒙思想家之一，被公认为"自由主义之父"，其著作影响了伏尔泰和卢梭。

4　W. H. 奥登（1907—1973），英国诗人，1968 年获诺贝尔文学奖提名。中国抗日战争时期，他来华旅行并创作了诗集《战时在中国》。

翰·拉斯金[5]、威廉·特纳·沃尔顿[6]等鼎鼎大名的人物。基督教会学院的徽章上印有红衣主教的带穗高帽，我想这大概是学术界最有名的图腾之一吧！早在 1936 年，我就是基督教会学院儿童唱诗班的一员；1945 年，我在该学院开始了我的本科学业；如今，我是该学院的荣誉毕业生：这一切都让我十分自豪。

但是在我心目中，另一枚徽章更为重要，而且它对我来说更具个人感情色彩。这是英国陆军的女王第九骑兵团的徽章，该团原先是 1715 年成立的威恩龙骑兵，历经无数战役，仍然奋战沙场，最后于 1960 年撤销；该团的拉丁文口号翻译过来就是"我们永不撤退"，果然并非虚言。第二次世界大战结束时，我在意大利有幸加入这一赫赫有名的骑兵团，后作为该团的情报官，在中东驻防；在该团的经历，对我来说都是美妙的回忆。

为什么是美妙的回忆？因为我喜爱女王第九骑兵团轻松活泼的气氛、优雅的风度、特有的幽默和无处不在的团结友爱。我身为一名下级军官，却没有什么军人气质；在女王第九骑兵团服役，反而很对我的胃口。要知道，该团的一位军官参加作战时竟然随身带着他的大提琴，另一位军官不但发现了一种新的喜马拉雅罂粟花，还把贺拉斯的诗作译成了地道的英语。我的第一位指挥官出身于威尔士最离经叛道的家族之一，他的亲戚中有人首次举办了牧羊犬竞赛，首次酿造了威尔士威士忌，他的一位长辈靠赌马赢了不少钱，最后自己起草了墓碑铭文："多亏这匹好马本迪戈，

5　约翰·拉斯金（1819—1900），英国维多利亚时代作家、艺术家、艺术评论家、哲学家，代表作有《建筑的七盏明灯》等。

6　威廉·特纳·沃尔顿爵士（1902—1983），英国作曲家、指挥家。

我的墓才有钱修；我奔向人生的终了，还想抓一把好彩头。"

　　总之，女王第九骑兵团的气场正好和我性格相合；该团即将撤销时，我的最后一任指挥官将该团的两卷本历史赠给我作为纪念，这部书如今是我的图书馆中最珍贵的藏品之一。

　　我的这位友人既是女王第九骑兵团的一位军官，又是牛津大学基督教会学院的一位成员，而且据我所知，他也是除我以外具备这双重身份的唯一在世者了。因此，他有资格送我这件运动夹克，而我也有资格向人炫耀夹克上的两枚徽章！

第 72 天

哈哈！我今天闹的洋相真是让我大笑不已。今早天气非常坏，呼啸的飓风让老房子瑟缩成一团，收音机里播放着风暴预警，周围东西吱吱嘎嘎晃着，窗外的树疯狂地东摇西摆。海面变成了灰蒙蒙、黑乎乎的一大片，整个世界看上去没有一个活物，连蜷着身体的奶牛都看不见。

我一人在家，打算开始我每天千步快走的例行锻炼——这我从未间断过。如果我出门在外，我就另找路线，不过我总是跟着自己的节奏，和着头脑里的进行曲往前走。

那么今天呢？我绝望地看着外面的景象。这样的大风天气，一定要出去吗？就今天一次，我偷个懒，老天爷会原谅我的吧？我在心里哼唱的轻快曲调会不会变得沉重，《希望与荣耀的土地》[1] 会不会支离破碎？上星期我已年满 92 岁了，今天情况特殊，偶尔漏一次也是可以的吧？不过，我虽然身体软弱，不足以外出

---

[1] 英格兰著名歌曲，常在英联邦运动会上用于代表英格兰。

锻炼，但也意志软弱，不足以彻底放弃，所以只得求个妥协。我想，在外面车道上走一千步不见得比在屋子里走一千步更高超，所以我就在崔芬·莫里斯老宅里放满了东西的两层地板上，昂首挺胸、一板一眼地走路锻炼。

这样还真有趣呢！我吹着口哨，绕过沙发，穿过岛屿一样的书架，颤巍巍地走上旋转楼梯，又从木楼梯下来，左、右、左、右，从不停留……撞翻了一个花瓶和两盏台灯，连带墙上的肖像画摇摇欲坠……数着拍子，扳着手指计算步数，口哨有时变成了唱歌，上气不接下气，但胜利在望！最后，我成功走到了一千步。

我对窗外呼啸的狂风说，"一边去吧！"，然后开始煮咖啡。

第 73 天

我敢打赌，这个周末崔芬·莫里斯老宅里我们品尝的茶是天下最好的茶。外面仍然风雨交加，万幸的是家里的挪威式壁炉有充足的柴火；我有点幸灾乐祸地想，那些倒霉的游客在黄昏的凄风苦雨中开车回家，该有多辛苦呀。需要指出的是，我们不搞怀旧下午茶，就是鲁珀特·布鲁克[1]诗中描写的 14:50 下午茶。我们享用的是 17:00 下午茶，在风格上更接近勃朗宁[2]，下面就是我们的茶点（可根据个人口味有所增减）：

一、"格雷伯爵"印度茶，加鲜奶；

二、橄榄油面包棍；

三、威尔士鲜黄油；

四、威尔士黑莓和苹果酱。

1　鲁珀特·布鲁克（1887—1915），英国诗人，生前才华横溢，死后被视为为国捐躯的英雄。

2　这里指的可能是罗伯特·勃朗宁（1812—1889，英国诗人、剧作家）或他的夫人伊丽莎白·巴雷特·勃朗宁（1806—1861，英国诗人）。

这一顿自然可以好整以暇、狼吞虎咽地享用，但务必把纸巾放在手边，因为苹果酱可能滴下来，而且坐得离壁炉太近的话，黄油会融化。勃朗宁如果和我们一起用茶点，也许会这么写：

> 茶点时间到了，在崔芬·莫里斯老宅
> 咬一口面包棍，咯吱咯吱响
> 黄油混着苹果酱和牛奶
> 不经意中，成了美味
> 那魔力丝滑，令人神往！
> 炉子上煮着咖啡
> 欢声笑语，在崔芬·莫里斯老宅！

第 74 天

今天的思考比较缺乏正能量。不久以前，一位极富个人魅力的记者从伦敦到这里来采访我。我们一起吃了午饭，席间言谈甚欢，他撰写的有关我的文章也令我十分感激。不过，文章配的卡通画有损我的形象，令我颇为不悦：这幅卡通画广为流传，似乎成了我的某种纪实影像，那上面的人直直瞪着你，看上去既憔悴无力又颓废不堪，总而言之就是讨人嫌。我曾经想找人把这幅画撤下来，但是没有效果，这幅画还是在网上随处可见。我的一些朋友对此表示愤慨，而另一些朋友则宽慰我：没什么大不了的，过几个月就习惯了。这倒也说得有几分道理，然而……

还记得奥斯卡·王尔德[1]笔下的道林·格雷的画像吗？画中人以惊人的速度衰老，而道林·格雷本人却永葆青春。在我身上发生的事却正好相反：那幅卡通画还是和原来一样，变的是我！那

---

1 奥斯卡·王尔德（1854—1900），英国作家，出生于爱尔兰都柏林，作品包括诗歌、小说、戏剧等。《道林·格雷的画像》是他创作的一部长篇小说。

带着诘责的眼神，那略显邪恶的表情，那若有所思的凝视，眼睛下面还隐隐透出黑眼圈——当我照镜子时，我发现卡通画里表现的都映射在我脸上。我已记不清王尔德的寓言故事是如何结尾的——你还记得吗？不过我觉得我最好还是不知道！

第 75 天

　　古老的大英帝国早已消失在历史长河中，但最近又上了新闻头条；"日不落帝国"的批评者和支持者们，尽管大部分都在"帝国斜阳"之后才出生，但仍在对其历史遗产进行辩论。

　　我年事已高，应该有资格对这一历史现象说上几句。我认为这些辩论毫无意义。20 世纪 70 年代出版的"大不列颠统治下的和平"三部曲是我写作生涯中最具思想性、艺术性的著作，其要旨在于从美学的视角对大英帝国作出反思。大英帝国妄自尊大，采取了各种残酷、不公的行径，这一点我无法否认；但是，其发展过程中也有其独特的美，所带来的现代化成果确实有进步意义。这是因为大英帝国所追求的目标具有两面性，需要设身处地加以认识。因此，直到今天，我对大英帝国的感情是极为复杂的，不能简单以贬褒定论。

　　之所以想到这一切，是因为今天的邮件中夹了一份最新的香港年报；自从 1988 年我撰文写到香港昔日受英国殖民统治，我就每年收到香港年报。今年的年报特别有意义，因为它是香港回归中国 20 周年纪念版。

这份 2017 年年报像以前一样装帧精美，里面列出了一些详细数据，如经济结构和发展（就市场资本总额来说，香港股票市场位居亚洲第三）、医疗卫生（香港等待双肺移植手术的病人有 20 个）与交通运输（香港地铁系统平均每天运输 550 万名旅客）。年报中以漂亮的彩色照片宣传了香港在艺术和体育方面的多样化成就，展示了来访的贵宾，而且和往年一样，隆重推出停泊在维多利亚港的一艘崭新的灰色军舰；就像英国皇家海军几十年来在维多利亚港一样，那艘军舰上的士兵在甲板上以仪仗队形排列，军容整齐，接受检阅。

因为是香港回归 20 周年纪念版的缘故，这份年报以轻松活泼的形式展示了香港特别行政区居民的美好生活，令人欢欣鼓舞。不过，唯有那张军舰的照片在感情上给了我不小的打击。访问维多利亚港的那艘军舰，看上去是那样威武而先进，却不属于昔日常来友好访问的英国皇家海军，没有挂白底红十字旗[1]。它不是"伊丽莎白女王号"[2]，也不是"皇家方舟号"[3]，而是中国人民解放军的"辽宁号"航空母舰，排水量 4.3 万吨，搭载 40 架中国制造的各类喷气式战斗机、直升机。

要是你对相关历史一无所知，只是随手翻翻这份 2017 年香港年报，那你也许会以为英国人从没来过香港呢！

---

1 英国皇家海军军旗，左上角有英国米字旗。

2 2017 年开始服役的英国航空母舰，也是英国皇家海军最大的战舰。

3 1985 年开始服役的英国轻型航空母舰，2011 年退役。

第 76 天

　　不知道你怎么样，反正我是绝对不看那种所谓的"电视真人秀"的，而且我认为除了电视新闻以外，公共频道上那些节目几乎没有什么是值得播放的。所以那天在一次访谈中，采访者问我最喜爱的电视节目是什么，我只好承认，我每天心心念念的两档傍晚节目都比较粗俗。

　　爱尔兰家庭情景剧《布朗夫人的男孩们》从头到尾充斥着无厘头的笑话，并以此为荣。剧中有一个极其搞笑的男性喜剧演员穿着女式短衬裤扮演"布朗夫人"，起到串联剧情的作用。这部剧太过坦白直率，以至于竟然有几分纯真；它带着一种热情洋溢的自嘲态度，因此总能让我开心。

　　另一部则是风格迥异的美国喜剧《好汉两个半》，主要描写两个小伙子对性的体验和挑战。这部剧非常长，全是闹剧式的段子，即便是对我来说，貌似恶搞，也显得太过分了。我看这部剧的唯一原因是它的表演水准非常高——我认为，这部剧达到了几近完美的喜剧表演艺术。我觉得该剧剧本总体上缺乏喜剧性，不知道两位主演是怎么看的，但我出于对莎剧优秀表演艺术的欣赏，还是很钦佩他们的专业表演技巧。

所以啊，不管你对我的品味有什么看法，就是这两个节目让我有动力为有线电视缴费——当然了，我享受老年人优惠，早就不用缴费啦。

第77天

很多年来，我每年都出乎意料地收到来自美国的一件奇妙而美丽的艺术品。有时候是一个日本小雕像，里面藏着一张音乐CD；有时候是一套带托盘的瓷杯，上面印着雅致的视错觉图案；有时候是一幢漂亮的玩具屋，奢华家具应有尽有，还附有目录；有时候是音乐盒、印花毯子、蝎子剪影；有时候是一种木制拼图游戏，名为"七巧板"，据说要花一年时间才能制作完成，而且我估计要再花一年时间才能拼好。多年来我积累了一堆这样的艺术品，它们都是原创艺术，令我在激赏之余十分惬意。

显然全世界有几十个人每年收到了这样慷慨大方的圣诞礼物。我虽然没有见到这位送出礼物的大好人，但我猜想他肯定是一位模范美国人。你有没有听说过诺顿防病毒这个公司？公司创始人诺顿先生，一位开明宽宏、富于想象力和幽默感的艺术型资本家，正是他让包括我在内的许多人出乎意料地收到了别出心裁的圣诞礼物。

今天，2019年刚开始不久，我收到了一本装帧精美的诺顿公司宣传册，里面用彩页介绍了该公司的所有产品。这本宣传册上写明：慷慨之举到此为止，今后不再每年赠送礼物。我刚用音乐盒演奏了一首充满感激的安魂曲，下午打算再试一下，能不能用七巧板拼出图案来。

第 78 天

　　我那些不值一提的思想日记，常常是在我早锻炼时构思完成的；如果天气特别晴朗，我还会走上克里基斯的海边林荫大道，和那儿的老相识们说声好，顺便构思我的文章。今天就是一个很好的例子。

　　秋天的阳光暖洋洋的，令我四肢百骸充满了力量，从爱尔兰海吹来的轻风似乎孕育着我的灵感；海边的人不多也不少，正适合擦肩而过时搭个讪、打个趣。我的每日千步走才迈出第一步，我脑海里就冒出了绝妙的想法，领悟了我明天的思想日记应该怎么开头。真是天才创意！我想。因此，我就盼着走完我的一千步，抵达林荫大道的另一端，这样我就可以回家开始写作啦。

　　哎呀！海风是那么醉人，锻炼是那么提神，一路上碰到的老相识有那么多说不完的插科打诨，等到我结束千步走时，我一开始想好的那个完美开头早已被我忘到九霄云外了。现在我坐在书桌前，只能写出一篇不尽如人意的"第 79 天"。见谅！

第 79 天

　　一位极为虔诚的基督徒今天前来拜访。他不是福音传教士，也不是耶和华见证会成员，总之不属于那些普通教派：要知道，对于普通基督徒，我总是戏谑地报之以我的不可知论戒条——"行你的善吧"。这位先生拥有不可动摇的坚定信仰：圣母受孕、基督复活、圣经真言、奇迹显灵、献身赎罪和魔鬼撒旦，这些书上的宗教故事在他看来就是无可辩驳的历史事件，他对此极为肯定，完全不是出于盲目自信。他告诉我，《圣经》上写的都是历史事实，提出质疑是没有意义的。

　　的确，我没有必要对他提出质疑。他是一位谦逊有礼、踌躇满志的年轻人，他全心全意地坚持自己的信仰，我认为这本身就是值得敬佩的好事。像我这样一个头脑简单的不可知论者，只会怀着疑虑摸索前行，怎么能和他那样的坚定信念争辩？我根本懒得尝试。他对真理的诠释在我看来就是一种"善"的信条，这就足够了啊。

第 80 天

虽然明知不对，但我常常自夸自赞，比如我总是以我对曼哈顿文学事业所作出的贡献为荣；曼哈顿是我深爱的地方，多年前，我以曼哈顿为主题，写了两本书。一本是应纽约市政府港口管理局之邀，写该市的航运业，名为《大港口》。另一本则描写"二战"后美国士兵从欧洲战场凯旋，回到曼哈顿灯红酒绿的快乐生活，名为《曼哈顿，1945 年》，让人联想到手枪和香槟酒。我希望等我过世后，人们仍会阅读这两本书，尤其是热爱纽约的人会将它们当作某种奇妙的记忆。

不过呢，那天我发现了一本关于曼哈顿的书；不管是这本书还是其作者，我以前都没有听说过。这本书就是《絮絮叨叨的女士》，作者是爱尔兰裔美国记者梅芙·布伦南，她已于 1993 年去世。她写这本书有令我羡慕的地方，且听我一一道来……

书中几乎所有章节都是作者在 20 世纪 60 年代为《纽约客》撰写的专栏文章，每篇文章都记录了她深入探访纽约生活的方方面面而得出的感受。我不敢说我能否在这一主题上比她写得更好，不过在我看来，她对曼哈顿无穷缤纷景观的表现，在某种程度上和我在威尔士小小一角随手写下的人生感悟也差不多呀。

别笑嘛！你想想看，她在纽约这座世界大都会里四处逡巡，能找到多少大大小小的丰富素材写进她的文章里啊！相比之下，我只能写一点拉纳斯蒂姆杜伊的本地八卦，或者记录一下我在屋外车道上做千步走时的沉重思绪！

真的，我极为羡慕那位絮絮叨叨的女士……

第 81 天

我亲爱的伊丽莎白最近身体有恙，昨天收到了一个孙女的祝福卡。孙女刚满十岁，她在卡上写下了来自一头大象的好心劝告：

好朋友大象说：
"奶奶身体快快好！
吃得饱，睡得香。"
大象医生啥都知道！

看来还是一头受过良好教育的大象呢。既然他提出了好心劝告，那我就以孙女的口吻来回答他：

好吧，大象医生，你的劝告
真叫人暖心，但你要知道
我已经十岁了，你那些幼稚的话
可讨不了我的好！

第 82 天

　　世界各地令人头晕目眩、战栗不已的事件层出不穷（我差点写了"已知世界"，可是现在世界上还有哪一块地方是未知的呢），据我推测，当一名新闻编辑意味着一刻不停地接受这些恶心消息的轰炸。因此，现在的我可不想当一名新闻编辑。当然了，在这个充斥了博客、推特和社交媒体的时代，有没有新闻编辑这一行当还是问题呢。

　　正如我刚才说的，就算现在每天、每个地方都有成千上万件惊天动地的大事值得报道，我也不想当新闻编辑。就拿今天早上来说吧，我收到的报纸上刊载了全球各种重大事件：俄罗斯涉嫌干涉英国政治、美国制裁伊朗、意大利特大洪水造成伤亡、新喀里多尼亚公投反对独立、巴林反对派遭到逮捕、在埃及朝圣的基督徒被害、巴塞罗那野猪肆虐、也门贩卖人口犯罪猖獗。要放在以前我还从事新闻业的时候，这些都是引起轰动的大事啊。可怜的当班新闻编辑早已惶惶不安，而最让他受到心智打击的可能是下面这一条：一个美国女人，身在美国，报警称英国曼彻斯特的几个亚洲家庭虐待儿童，使这些家庭遭到了英国武装警察的调查……

"好啦好啦，"新闻编辑室里的人下班回家前都要说一句，"还有完没完，快让老太太安心睡觉吧。"

第83天

最近我遇到了一件很妙的事。我出版第一部思想日记的时候，题献页是这么写的：

> 恭恭敬敬地献给所有人

昨天傍晚，起了雾，下着雨，我去镇上取一批壁炉用的柴火，正在想法往车上搬的时候，一个魁梧身影从昏暗光线中模模糊糊地冒出来，帮我把全部柴火放进车里。我不知道这位好心的先生是谁，我根本不认识他——老眼昏花的我看不真切。他帮助我之后一声不吭，消失在雾中。我在他身后喊他，对他的这份好心表示感谢，过了一会儿，黑暗中传来了他的声音。

"我只想做得恭恭敬敬的。"又过了一会儿，再次传来他的声音，只是更远了一些："对，我知道这句话。"

我写了半个世纪的文章，这是我的文字被人引用让我最开心的一次。

第 84 天

田 园 风 情

人们问我：贵府怎么走？我就回答：沿着车道笔直走，穿过院子，崔芬·莫里斯老宅就在右手边，正对着一棵大橡树，屋顶上有白色的圆顶和风向标。有院子和橡树，岂不是充满了田园风情？别急，先让我来告诉你，这会儿院子里都有些什么，好不好？今天道路比较泥泞、湿滑，不过我还是要拄着手杖去看看。

在 21 世纪的威尔士，现在正是收割草料的时节，装满了草料的黑色帆布袋一个叠一个，堆满了院子里的每个角落，小棚子里满满当当塞满了一捆捆干草，全都散发着 21 世纪农业的腐臭味；各类拖车、拖拉机、大型货柜卡车乱七八糟停了一地，与不知名的机械设备连在一起，时不时还有四轮摩托车突突突地疾驰而过。田园风情在哪儿？就算访客不提，我也要纳闷这个问题，不过我还是赶快拄着手杖回到橡树对面的花园那儿去吧。

等一下！我刚走到花园门口，只听到轰的一声发动机响，接着哧的一声刹车，一辆四轮摩托车在我身边停下，我的一位老朋友、老邻居从车座上跳了下来，爽朗地笑着为我开了门。

田园风情：某一情景或场面的特定状态（《牛津英语词典》）。

第85天

"颠三倒四"这个词，我一直很喜欢，所以也连带喜欢其代表的意义。有时候，颠三倒四的离谱情形看上去极为超现实，让我窃笑不已。就拿今天的一则新闻为例吧，实在是叫人啼笑皆非：在离我家不远的一个村庄兰赖厄德尔-阿姆-莫赫南特，新建了一座9.5吨重、23英尺高的合唱团女孩雕塑，这座巨型雕塑目前正采用名为"失蜡铸造"的古法进行修建。这么离谱的事，应该没有人会提出质疑吧？

不过，要是颠三倒四这回事成了人类生活的主旋律，那就不能一笑了之啦。今天早上，我就感觉我们大家都处于一种颠三倒四的心境中。不管我们是谁，在什么地方，宗教或政治信仰是什么，我们都对这个离谱的世界一筹莫展。经济或外交上的前因后果？我们一无所知。冠冕堂皇向我们宣传的，我们要么半信半疑，要么弃如敝履。如果政坛上的某位救世主声称能够解救众生于倒悬，那么请记住，当年阿道夫·希特勒也是这么"解救"德国人民的；这样的角色遗毒不浅，到了现在似乎还有传人呢。

但是，世界上还有亿万好人，而且据我估计，好人远比坏人多；这些好人所拥有的巨大权力，还远远没有运用到我们的治理中。

所以，颠三倒四的局面妙不可言！

第 86 天

戒戕害生灵，但也不必多管闲事、苟且偷生。

这是亚瑟·休·克拉夫[1]在 1861 年写的，而让我想起这句诗的就是厨房里的落地钟。这座大钟很有一些年头了，是几个世纪前一位名叫"特雷马多的约翰·派瑞先生"的本地工匠装配起来的，上面装饰着绵羊吃草、鲜花盛开的田园风光画。我对这座大钟非常中意，可是它毕竟已过了青春年华，像我一样步入暮年，因此我在厨房另一角放了一架极其精确的现代钟，作为补充。现代钟由来自德国的无线电波随时调校，称得上绝对可靠。

上个星期天，"特雷马多的约翰·派瑞先生"装配的这座大钟摆锤不动了，再也不能报时了。这让我既伤心又无奈，只得靠厨房水槽边的现代钟来看时间。现在，我该怎么处理"特雷马多的约翰·派瑞先生"留下的遗物呢？

1　亚瑟·休·克拉夫（1819—1861），英国诗人。

等等，克拉夫是怎么说的？"戒戕害生灵，但也不必多管闲事、苟且偷生。"我也不必想办法把这座年纪比我还大的落地钟修好，因为在另一个层面，它依然生机勃勃：它永远亲切慈祥地站在那里，给我带来无穷的美好回忆，虽然现在没了声音，但沉默中蕴藏着千言万语。这座古老的落地钟，度过了漫长而充实的一生，现在要好好休息一下，"特雷马多的约翰·派瑞先生"冥冥中见证了这一切。

　　大钟，我的老朋友，我就不来设法修好你了，请以你无声的嘀嗒嘀嗒，穿越无尽的年年岁岁吧。多谢你的陪伴。

第 87 天

这一系列思想日记成了一系列讣告：昨天是我厨房里的落地钟，今天是美国第 41 任总统[1]。考虑到我本人的寿命，我想我不可避免会接到很多讣告。就连我的那辆老本田都预约了最后一次车检，而崔芬·莫里斯老宅气氛阴郁凝重，也难逃关门的命运。

向美国总统乔治·赫伯特·沃克·布什作最后的道别，这尤其令我悲痛不已。虽然我从没有见过他本人，但我和他是同时代人，在不止一个层面上有共同点：相近的年龄，相近的价值观，而且我热爱并尊敬他领导下的美国，就如同我热爱并尊敬英国一般。在我年纪尚轻的冷战时期，英美特殊关系可不是一时兴起，而是在动荡世界中缔造了一个超级大国，老布什正是这个超级大国的总统。

老布什所推崇、我所尊敬的价值观，就是美国绅士的传统价

---

1 乔治·赫伯特·沃克·布什（1924—2018），1989—1993 年为美国第 41 任总统，常被称为"老布什"。

值观。如今美国绅士不再领导美国，不再为西方世界制定标准，这是十分可惜的——即使受到冷嘲热讽，我还是要这么说。大家可能都同意，老布什直爽、坦率、勇敢、和蔼、对人友好，总之一句话，他就是美国绅士的代表。我好希望他仍陪伴着我们！你也这么想吗？

第 88 天

下面是又一篇忏悔——这些总是时不时地在我脑子里冒出来。你还记得吧，那天我引用了亚瑟·休·克拉夫的一句诗："戒戕害生灵，但也不必多管闲事、苟且偷生。"我写道，厨房里的落地钟年代久远，现在显然已到了其寿命的终点，我是有感而发。

好吧，我可能撒了个小小的谎。让我想到克拉夫诗句的，不是厨房里的落地钟，而是我自己。我已经记不得我的年龄了：92岁还是93岁？不过我肯定是生于1926年，早已过了"保质期"啦。你肯定会出于好心和礼节来宽慰我，不过我应该知道——而且我敢打包票——要是写完这一篇后翘了辫子，这固然叫人伤心，却也是情理之中、合乎逻辑。

我们得承认这一点呀！世界上的老年人太多了；科学家和社会学家大多承认，老龄化的危害就和气候变化一样大，已经威胁到了人类生活状态本身。

当然了，我无意鼓吹安乐死。当然了，和其他 92/93 岁的老年人一样，我过世了显然会得到哀悼。我只是想说明一个事实：如今，人们普遍活得太长；如果更多的人（包括我）早点离开，那么地球会成为一个更好的世界。我们当然不可戕害生灵，但是多管闲事、苟且偷生这件事就大可不必了。"多管闲事"是个很好的词，《牛津英语词典》将其解释为"以一种令人讨厌的专横方式加以干涉"，而美国的《韦伯斯特词典》的解释则贴切得多："多管闲事就是，别人既没请求，也不需要，可你偏要发号施令。"

这就是我的一点粗浅看法——我得承认，别人既没请求我发表看法，而且肯定也不需要！

第 89 天

大约 80 年前，我就读的蓝星中学[1]有一位可敬的宿舍管理老师，每到傍晚，他就用他的留声机为我们这些学生放古典音乐。他有一句经典评论，我总忘不了："贝多芬交响曲唯一的缺点，就是当止不止。"

这么放肆的话，别的老师肯定不会当众说的，因此他让当时只有 12 岁的我十分仰慕。我可以想象，教师休息室里别的老师向他打趣，"韩福德，真的吗？你就是这么教你的孩子们的？这么说贝多芬？"另外，我赞同这位宿舍管理老师的看法。不管是以前还是现在，我都觉得贝多芬的许多优秀作品有拖延时间的瑕疵，那些伪装结束段和重复收尾实在是没完没了。在这一点上，我和已故的韩福德先生心有灵犀。

可是……他只是一个宿舍管理老师，我只是一个 12 岁的小男孩！不管在那时还是那以后，我们两个人何德何能，能够质疑贝

---

[1]　历史悠久的英国私立中学，位于英格兰南部的布莱顿。

多芬这位不朽天才的判断力呢？我至今仍然认为贝多芬的一些经典作品稍微缩短一些就好了，可是，老天爷啊，我和贝多芬比，谁的艺术品位比较高呢？和可敬的宿舍管理老师比，又是怎么样呢？

第90天

　　圣诞节又要到了，日历上出现了冬青枝，而我这个爱闹别扭的老家伙则又一次白眼相向、口出讥讽。我不是嫉妒家人、朋友和邻居过节，我只是从身体上、心理上、性情上乃至道德上都应付不来；简单来说吧，我不擅长过圣诞节。

　　部分原因可能是，我小时候在离家很远的地方从事专业工作，对我的成长产生了影响。我那时是牛津大学基督教会学院儿童唱诗班的一员，该学院的教堂在历史上是英国圣公会牛津大学教区总教堂。别问我为什么加入儿童唱诗班，我早就忘掉了。我唯一记得的是，我童年的好几个圣诞节，我都在合唱间和排练室里辛苦练习合唱，而不是围着圣诞树欢度佳节，其乐融融。

　　不过，我虽然没有感受到欢度佳节的快乐与喧闹，但从没有为此感到遗憾或怨恨。相反，远离家乡、在梦幻般的教堂尖顶下度过的那几个圣诞节，却成了我人生记忆中的闪光点。让我念念不忘的，不只是那种神圣庄严的气氛，更是宏大的艺术传统、优美的音乐、动人的轶事，还有那些带着几分学究气的老年教士，他们知道我们这些唱诗班孩子远离家乡和亲人，因此同我们做小游戏，馈赠我们小礼物，尽可能让我们不感到孤单。

总之，这段经历让我感受到了人性之善，超越了圣诞树边的节庆和欢闹。在优雅肃穆的古典建筑中，在和蔼可亲的陌生人陪伴下，我领略了这份人性之善。几天后，我回家和亲人团聚，唱诗班的经历令我对他们的爱又加深了一层，同时，我怀着感激之情，狼吞虎咽地吃掉了他们给我留的李子蛋糕。

第 91 天

　　2018 年圣诞节蓦然而来，就像一声霹雳，猛地震醒了我，让我认识到自己的老态尽现，也不知道这是老年痴呆症的表现还是纯粹年纪大了造成的。我的子嗣散落在全球各地，其中最年长的都已经退休了。圣诞节来临之际，很多孙辈年龄尚小，需要我送出圣诞祝福，可是我一直记不清他们的名字！有点尴尬，不是吗？的确，我根本不认识我的很多孙辈。当然，他们大多数在各方面已经一点都不像我了，这也是理所应当的。可那又怎么样？这些稚嫩的后代，不管是远在天边还是近在眼前，都拥有我的血脉、我的精神和我的责任，而我却往往叫不出他们的名字，这能不让我感到羞愧嘛……

　　不管怎么样，我在年幼孙辈的圣诞卡里都塞了一个数目不菲的红包——希望我没写错他们的名字和地址！

第 92 天

　　年年难过，却也年年开心，2018 年的圣诞节终于过去了，今天是 2019 年 1 月 1 日，很有可能是我的最后一个元旦了。对伊丽莎白来说也是如此，但她不以为意，昂首前行。我则要对此做一番文章。

　　我要充分利用老年生活的宝贵经验。这对我的文学创作来说是取之不尽、用之不竭的源泉：亲眼见证自身的衰败并以此为题开开玩笑，探寻老年人的种种困境和老年生活的美好之处，这么做能够减轻死亡的终极悲剧性，还能部分地中和死亡所带来的伤痛。到了老年，我常常表现出滑稽的一面；有时我犯了莫名其妙的错误或出了荒唐可笑的洋相，要是别人假装视而不见的话，我就会一笑了之。终我一生，我都以自我为中心，想来真是极为可耻，如今我自己却成了开玩笑的对象，这也是咎由自取！

　　可是，老年生活并不是个玩笑呀。虽然我有时看上去有几分可笑，但事实上我正在奔赴人类存在中某个不可捉摸的神秘入口；等我到了那里，我就要向我的伴侣伊丽莎白（她对此的探索远胜于我）和我的子孙、朋友们道一声"永别"。我用我古老而神秘的眼睛可以看到，所有其他人都跟在我后面，在陡峭的岩石山路上攀缘前行，奔赴那未知之地；有的人在笑，有的人在哭，但是他们都在走着我的老路。

不管怎么样，请保持微笑！也许并没有什么未知之地作为终点；也许，那儿有天使、仁慈和善良，有白葡萄酒和小圆烤饼作为下午茶。我当然希望有这么个地方，你认为有没有呢？不管前面有没有终点，请紧紧跟着我，而且注意山路上的坑洼！

第 93 天

　　报纸上近来在讨论法语中所蕴含的所谓"法国国民性"。法语曾伴随着法兰西的殖民扩张成为大片土地和族群的通用语，至今仍是许多国家的官方语言，有人认为法语已沦为后殖民时代法国推行霸权和民族认同的工具。对于大英帝国的殖民历史，人们也进行了激烈的抨击，但我在其中似乎并没有找到对英语的类似批评，你注意到了吗？也许英语在全球的传播已经超越了一定的限度，以至于一代代人逐渐忘却了其殖民主义根源。不过，在威尔士，英语确实成了一个问题。据我所知，约 50 万威尔士人日常使用古老的威尔士语，而另外 300 万威尔士人则使用历史上征服了威尔士的盎格鲁-撒克逊人的语言——英语。威尔士语是一种优美而复杂的语言，复兴威尔士语的运动在威尔士方兴未艾。

　　我很久以前就加入了复兴威尔士语的运动，这一运动在有些方面几乎毫无进展，在另一些方面则取得了不小的成就。促使我领悟并参与其中的契机是这样的：60 多年前，这一运动采取了某些非法手段，一位年轻的运动领袖出狱后，托人来问我是否可以暂时提供住处，我就安排他在老宅顶楼住了下来。一连几个星期，我家似乎成了整个威尔士民族感情的中心，而顶楼的这位客人就是其充满魅力的象征。这位年轻人具有极高的艺术天赋，他后来成为一位著名歌唱家，至今仍因倡导威尔士风尚而备受尊敬。他住在我家顶楼的这段日子里，我感到既荣幸又激动，所以从那时起，我就加入了他的崇高事业。

我也在想，几个世纪之后，威尔士语和英语会不会在威尔士达到一种平衡，让每个人都满意呢？我当然希望如此，这是因为我就是一个搞平衡的行家！

第 94 天

　　这个时代普遍缺少欢笑，要我在日常生活中爆发出旧时滑稽剧里那种发自内心、不可遏制的大笑，机会实在是太少。下面我怀着高兴的心情，报告昨天这件事。我和伊丽莎白开车去购物，这次换了个地方——几英里外的一个邻近村子。一位熟人好心提醒我，不妨去当地主街上新开的一家咖啡馆尝尝味道，那家咖啡馆所在的办公楼式样小巧、风格不俗，以前是一家银行。我还不知道新开了咖啡馆呢，所以买完东西后，就去那儿转了转，要了一杯咖啡。

　　看来，这家咖啡馆经历了极为有心的改建，室内看上去仍像银行，一个角落里还保留着以前的超大保险箱，另一个角落则是一个颇有创意的多层办公室仿制品，可能是帆布搭建的，一切都令人忍俊不禁。今天上午，正是这些新奇的室内陈设带给了我无穷欢笑。

　　因为这里有一群小孩子在玩呀！其实只有几个，可是他们就像上足了发条一样浑身是劲，冲来冲去、爬上爬下，在室内陈设中四处飞奔，一会儿从台阶上滑下来，一会儿消失在家具深处；刚才还在这儿，一眨眼就到了那边；有的往前冲，有的朝后退，整个咖啡馆仿佛都在颤抖，孩子们梦幻般的充沛能量似乎要溢了出来。

我和伊丽莎白不知道这些孩子是哪儿来的，在咖啡馆里干什么；我们只是安安静静在一边，看着他们释放活力。有点不敢置信，还有几分困惑，但总的来说愉快之至。喝完了可口的咖啡，拿上购物袋，我们颤颤巍巍走上了回家的路，还笑个不停呢。

第95天

老来万般苦！今天早上，我有生以来最深切地体会到了身为老年人的劣势。我的电脑罢工了，我边吃早餐边求助，从而认识到我和下一代人之间不可逾越的鸿沟。我和他们说的简直不是同一种语言：服务器是啥？既然是为我服务的机器，那它今天早上为什么拒绝为我服务？我要升级光纤？这又是啥？我的孙辈们说得头头是道，对所有相关文化也了如指掌。可我一窍不通，只好没头苍蝇一样到处问，并打算请一个电脑修理师傅来崔芬·莫里斯老宅教我电脑基础知识：我的密码是什么，有什么用，宽带是什么，等等。

这位电脑修理师傅今天非常忙，他的电话答录机说，预约需要等待的时间长达10分钟。我敢打包票，我得听着电话里的无聊音乐等上半小时呢！好吧，那就听好了，我只好这样：我和伊丽莎白对今天早上在这糟心的世界里遇到的一切糟心事说一声"都给我滚开！"，然后拂袖而去，在细雨中散个步。

第 96 天

　　莫里斯家族的一位亲密朋友、著名小号手丹尼斯·布莱恩爱好飙车，最终于 1957 年在车祸中殒命。他演奏的《莫扎特第四小号协奏曲》仍时常在电台上播放，给我一种出尘的美感，也让我时常想起他来。其他音乐家也有优秀作品，但在我看来，没人能够像布莱恩一样把艺术激情和娴熟技巧结合起来。今天的小号手演奏起来似乎轻松得多，而每当我听到布莱恩的演奏，我就想到他英年早逝的一生。

　　布莱恩是我哥哥盖雷斯的好朋友和同事，我母亲曾为他的协奏曲表演谱过曲。直到今天，他仍给我带来温馨的回忆；我有时候想，他英年早逝的悲剧有没有为他的演奏蒙上一层超自然的蕴意，让他在艺术感染力上胜过所有后来的小号手呢？昨天，我碰巧遇到一位熟识的睿智音乐家，便向她请教这个问题。她的看法是，令布莱恩的协奏曲充满艺术激情的并非某种上帝安排的天才灵感；之所以听上去不同，是因为后来的小号手使用了现代调音阀系统。

　　原来如此。并不是非要作出牺牲才能创作杰出艺术，当然，作出牺牲肯定是有帮助的啦……

第 97 天

平生第二次，我进行了金融投资。我第一次金融投资是在香港买了一些股票，这笔投资让我此后几年内不愁吃穿。这次，我在一个农业合作社里投资了 100 英镑，希望让村里的小酒馆继续经营下去；酒馆主人的特制橘酱十分有名，但他要退休了。英国所有的乡村酒馆要么空无一人，要么早已用木板钉死了门窗，因为它们在无孔不入的网络文化前败下阵来——你知道的，人们都不去酒馆消遣了。可是，在威尔士的拉纳斯蒂姆杜伊，这家"羽毛酒馆"偏偏迎难而上！

没错，就算在这儿，我心爱的威尔士的这个小小角落，我们仍四面受敌。这个世界对我们太不公平了，不过你当然不会知道。我签了投资"羽毛酒馆"的支票后，开车来到附近的一座山上，冥想了一小会儿。那天晴空万里，1 800 人的小镇克里基斯在我眼前一览无余。它沐浴在海边的阳光下，看上去纤尘不染、生气勃勃，仿佛通向时间尽头；建筑结构有年头了，外观却有现代风情，最显眼的是古老的卡那封城堡，四周是斯诺多尼亚山脉，爱尔兰海的波涛轻柔地拍打着海岸。

不要相信这些表象，我的朋友，这个世界对克里基斯也太不公平了。历史悠久的小镇商业街原来充满友好的家庭气息，但现在已被慈善商店和房产中介占据。小镇上的房屋漂亮养眼，现在其中一半是英格兰中产阶级的度假别墅或者受到大肆宣传的房产投资项目。气氛温馨的本地银行——连同笑口常开的本地大堂经理——已不见踪影，取而代之的是更加与世界接轨的大银行分支机构。镇上还开了三家大型超市，挨得那么近，是要唱对台戏吗？

也要想到好的一面呀！我们的这个小小角落还是个很好的地方，有友好善良的威尔士人，仍坚持反抗网络世界，将其菲薄财产用于投资"羽毛酒馆"；酒馆主人曾赠送我一罐橘酱作为圣诞礼物，我才吃了一半呢。真好吃啊！

第 98 天

　　信件、宣传册、剪报、地图、备忘录、笔记、校样、看不清楚的速记和叫人绝望的涂写，这些在一个井井有条的家里或许可以被称为我的"文集"，我正在努力加以整理（至少理出个头绪来），这一工作虽然进展顺利，却绝无成功的可能。据我估计，这一堆东西恐怕只会让我的遗嘱执行人头疼不已吧！可是，我在整理过程中发现了一些关于我自己的资料。

　　在这一堆杂乱无章的东西里面，我找到了过去几个阶段的我，要不是这次整理，我都忘得一干二净了呢！我在青少年时代制作了一本厚重的活页册，封面上用花体钢笔字写着《威尔士邮票》，里面是一排排与威尔士有关的各式邮票，盖戳的和没盖戳的都有——我那时究竟是怎么利用时间和热情来做这件事的呢？册子里面很多都是当时邮局发行的标准邮票，不过和威尔士的关系大多比较牵强。我那时把它们收进册子里，只是因为票面图案是威尔士奶牛、威尔士牧羊犬、威尔士山羊，或者"诗人系列"中的一位威尔士诗人、"著名音乐家系列"中的一位威尔士作曲家（沃

174

恩·威廉姆斯[1]真的有他宣称的那样热爱威尔士吗？我那时显然是暂且相信了）。

还有四本超大的册子，封面用毡尖笔工工整整地写着：《威尼斯图像集锦：熟悉与未知》。

那年英国陆军派我去威尼斯时，我才19岁。我显然第一眼就爱上了那个地方，因而制作了四本册子的超级大杂烩，在几百页里塞满了各种与威尼斯有关的心爱纪念品：风景明信片、手稿残片、拍卖纪录、画廊复制品、信件、收据、猫咪快照、渡轮时刻表，诸如此类。威尼斯从此成为我毕生激情所在，天知道我那时为了留作纪念，还当宝贝一样藏了什么东西在里头！

然后，在我翻检一堆堆、一摞摞的人生纪念物时，我找到了第三件勾起回忆的东西，这让我的思绪一下子跨越时间，回到了现在。就是这件东西，几乎已经成了垃圾：没有什么酷炫的字体来为其表明身份，这只是一幅航拍照片，拍的是一座老房子，随便塞在一个廉价文件夹里，但是它对我的价值不亚于那些"大部头"纪念册。那座老房子就是威尔士拉纳斯蒂姆杜伊的崔芬坝子，我心中的家。我和伊丽莎白现在不住那儿了，因为随着子女离开，崔芬坝子对我们来说显得有点空荡荡的，所以我们把坝子里车道尽头的旧马厩改建成了小一点的崔芬·莫里斯老宅，从此舒舒服服住在里面。崔芬坝子已有几个世纪的历史，它经我们反复改建后已成为某种抽象化的存在。如今，我们已经老去，但仍能回眸看到昔日的家：老房子在各种照片、绘画中的留影，不同年龄、不同国籍的来访者在几十年间留下的纪念品、写下的签名、开过

1　拉尔夫·沃恩·威廉姆斯（1872—1958），英国作曲家，热爱民间音乐。

的玩笑、结下的友谊，而我也本着礼尚往来的精神，为他们创作了业余水平的速写。

就是这样！满坑满谷的旧物蕴含着杂乱无章、混乱不堪的意义，我从中至少找到了某种规律：几乎已被我遗忘的影集和图像，代表了我人生的三段激情岁月，这种激情延续至今，仍像当年一样让我心潮澎湃！令我魂牵梦萦的威尔士、带给我无穷灵感的威尼斯和永远庇佑着我的崔芬坝子，虽然它们留给我的纪念物只剩了一点残片，不但没法分类、描述，外人也难以理解，但我至今仍深爱着它们呀。

第 99 天

那天我问一位相识的年轻人未来有什么打算，她马上回答，想当一名新闻记者。我以为她说的是网络语言，可是即便如此，我也怀疑我屡屡谈及当过多年驻外记者的经历，可能对她造成了一定影响，使她对此产生了强烈兴趣。

怎么回复她呢？我有点踌躇。曾几何时，我们那一帮记者浪迹天涯，总的来说过着逍遥自在的生活。那时候，我们有可能受到逮捕，但不大可能遭到严刑拷打，各国基本上能遵守外交礼节，全球冲突也基本上能以常理揣度。可是现在呢？恐怖组织闹得天翻地覆，恐怖分子甚至在交通工具的门把手上涂上毒来袭击平民！

我这位年轻朋友如果立志从事这一职业，将会面临什么样的危险呢？当今的历史舞台已成为拖人下水的泥潭，要是她在这样的局势下当一名记者，我晚上怎么睡得着啊！那么她会追求这一志向吗？也许会吧。要是我回到年轻时候，胸怀壮志，那我会不会这么做呢？恐怕不会吧。说真的，又"恐"又"怕"才是我的心声呢！

第 100 天

老天爷，又迎来一个百天纪念！这可能吗？有什么好的？我可以告诉你，老年人写书所吸引的读者群略显诡异：阅读我的思想日记的人，多半也和我一样上了年纪，他们写信来表示同情和理解，可是我并不需要这些体贴的同龄人，我宁愿我的读者年龄比我小一半以上，被我的文章逗乐，甚至感到惊讶、愤怒，以下一代人的身份对我评头品足。

就是这样！这是我的心声。不管怎样，请保持微笑！

第 101 天

英国诗人詹姆斯·埃尔罗伊·弗莱克这样写给一千年后的同行："我不能见你的面、握你的手，只得让我的灵魂穿越时空来问候你，想必你也能理解……"

那么一千年后的诗人会理解吗？诗人不管年龄多大，内心永远是年轻的，弗莱克在 1910 年写诗的时候，也许认为 2910 年的同行也是同样内心年轻、神采飞扬，所以一定会理解的吧！

现在是 2019 年，我也勉强算个诗人；我有个感觉，这个世界正在失去诗意——这里诗意指的是人类抒情本能，即对"彼岸"的认识。在我看来，人们一直相信所谓"另一种存在"并对之作各种想象，而人们努力认识它的历程则带来了美——信仰之美、梦想之美、神秘之美。

然而，今天早上我读完报纸后的一点浅陋感想就是，人类情感正在变得粗粝冷漠；一千年之后，诗人们大概早已放弃梦想了吧。

第 102 天

这一篇的笔触极富感情色彩——或许也可以称之为伤感。50年前我写了一本书，主题是当时如日中天的纽约：第二次世界大战结束后，第一批美国士兵乘坐著名的英国远洋轮"玛丽女王号"从欧洲战场凯旋，抵达纽约曼哈顿，这一景象令我感动不已。我爱这座城市和它所蕴含的意义，我尊崇"玛丽女王号"和它所代表的历史，而且作为一个有强烈美国情结的英国人，我对这一历史时刻的寓意深感自豪。所以我将那本书定名为《曼哈顿，1945 年》，并怀着哀伤的心情，描写了战争结束前夕不幸战死的四位美国士兵。

你大概也看得出来，人类的悲喜剧尤让我心动不已。我那本书的美国出版商就位于纽约，他们为我选的封面照极具冲击力，后来还成为一幅经典照片。你可能也知道这幅照片呢：背景是曼哈顿中心的象征性地标——时报广场，人们在欢迎士兵凯旋，热烈庆祝"二战"结束；在画面正中，一位年轻的美国水兵显然按捺不住那一刻兴奋的心情，轻轻抱起身边一位女性，给了她一个激情四溢、无法抗拒的热吻。

这幅照片从此成为经典，而那位无名水兵也为世人所知。用这幅照片作为封面，完美地揭示了我这本书的主旨和意图；那么多年来，我感觉我似乎已和这位水兵培养了一种真正的兄弟情谊。我当然从没见过他，他在世时我也不知道他的姓名，但我觉得我俩已经是好朋友了。正因如此，今天早上我从报纸上看到他去世的消息，得知50年前封面上那位年少冲动、惹人喜爱的水兵已永远离开了我们，不由得陷入了一种既感激又伤感的心境中。

又及：这位水兵名叫乔治·门多萨，享年95岁。愿他安息。

第 103 天

在如今的网络时代，各领域的生意人受到了媒体的不公报道，因此，有一个正面榜样总是叫人高兴的。昨天我读到新闻：风险投资巨头迈克尔·莫里茨爵士携夫人成为布克奖[1]的赞助人和出资人。我声明，我并不赞同作家参加文学竞赛；不过，很多年以前我唯一的一部小说被提名布克奖，也着实令我高兴了一把——我们作家毕竟也是人嘛……

当然了，我是看好莫里茨的，他是资本家中慷慨大方的典范。莫里茨在威尔士出生、成长，像我一样在牛津大学基督教会学院求学，现居旧金山；他曾经从事写作，后进入风险投资行业，从那以后就对文学事业表现出了强烈的赞助欲望。我没有见过他，也不知道是什么支撑着他的慷慨态度。我决定待我百年之后将我的房子捐出，改建为一个规模不大的文学中心，从而为威尔士的

---

1 专注于英语小说的文学奖，世界上影响力最大的文学奖之一，最早由英国出版界设立，自 1969 年开始颁奖。

文学事业作一份贡献；鉴于我和莫里茨都热爱威尔士，不久以前我厚着脸皮写信问他，到时候能不能请他支付文学中心的房产税。

不一会儿，莫里茨的回信从富豪云集的硅谷发到了穷鬼遍地的格拉布街[2]。信中写道：

得蒙垂青，不胜荣幸。

啧啧，这风格，看见了没有？

第 104 天

　　昨天风雨交加，天气极其恶劣，而我有一大堆邮件要回复。像我这样上了年纪的作者，出版新书后往往会收到很多好心读者的来信，我最近的情况就是如此。我觉得回复这些来信并表示感谢既是我的义务，又是我的一大乐事。在这个风雨交加的上午，我收到的邮件比平日更多。我一一拆开信封，撰写回复：要么写封回信，要么回个电子邮件。外面狂风拍打着窗玻璃，灰色的雨水毫不留情地倾倒下来。在这狂风暴雨的时刻，我仍恪守一个作家的礼仪，这让我心情舒畅，悠然自得。

　　在这种心情的感召下，我觉得我应该抽出半小时，冒着风雨去克里基斯喝一杯咖啡，犒劳一下自己。不过，我先要用电子邮件回一封特别长、特别可爱的读者来信。我在回信中感谢这位读者对我新作的青睐，同时承认了我在书中的一些错误，我还小心翼翼地将回信控制在一个合适的长度。然后，我驾着我的老本田去了镇上，在商业街 46 号的咖啡馆美美地享用了一杯咖啡，作为工作后的调剂。今天的活干完了嘛！狂风仍在呼啸，但是坏天气不能影响我的好心情，我驾着本田 R 型一路开回了家，心满意足地回到书房。

哎呀！电脑屏幕上弹出了一条消息，是这么说的："您的邮件无法送出。域名没有 MX 记录。"其他还有几百字的网络术语，我哪儿看得懂呀。这下，悠然自得抓了瞎，心满意足撞了墙。你知道我的邮件为什么发不出去？因为我在收件人地址中漏打了一个 e。就是因为这个！我那封长度适中、谦逊有礼、措辞优美的回信，还得再打一遍！

"拉倒吧！"我骂了一句，随手把我那该死的新书扔进了废纸篓，然后我决定从此以后再也不写书了，还要把房子卖了，和伊丽莎白离婚，剥夺家人的继承权，将老本田报废处理（确实也到了报废的时候），最后移民去巴塔哥尼亚，从此靠种萝卜为生。

好吧，我并没有那么做，你明白我的心情就好。谢谢你听我唠叨，现在我要去干活啦……

第 105 天

　　明天有一位记者将会来采访我，为《纽约时报》写一篇报道。我的出版商自然很欢迎这样的宣传推广，我当然也很高兴，因为历史悠久的《纽约时报》一向对我优礼有加。通常这样的采访还有摄影师随行，大家在餐馆享用一顿午餐后，来到我家——由 18 世纪马厩改建而成的崔芬·莫里斯老宅——进行拍摄。整个过程亲切舒心、不事张扬，这正是我所希望的。我告知《纽约时报》记者，明天的午餐定在海边的迪兰餐厅。

　　不过今天早上，我心里有点打鼓。我和伊丽莎白年事已高，离群索居，住在崔芬·莫里斯老宅，而今天我忽然想到，这座老宅经过了几百年的风雨，也已不复当年盛况。屋里一片乱糟糟的：东西堆得满地都是，叫人眼晕，陈设破败不堪，全是灰尘；形形色色的装饰品缺了边、少了角，各种各样的零零碎碎早已失去了原有功用；这里一本备忘录，我却快忘了，那里几笔随手文字，我也无法索解；各式台灯、落地灯，宅中四处均有，能用的没几个；地上铺的小地毯年深月久，有的下面还压着地图，以保持其平整，不过人走上去一不留神就绊一下；释迦牟尼佛像旁边是维多利亚女王的半身像，楼梯最上面摆着一个美国火车模型。所有这一切在我看来都意味着——世界回到了混沌初开的无序状态。

吃早餐的时候，我就在心里寻思，哪怕再好心的摄影师也不能让 2019 年的崔芬·莫里斯老宅焕然一新吧。

到了喝下午茶的时候，我和伊丽莎白一边享用格雷伯爵茶，品尝抹了草莓酱的奶油小饼干，一边打量着四周，又像往常一样达成了共识：这儿虽然有点脏乱，但作为作家幕后工作的场所，这儿又是一个多么神奇的地方啊！崔芬·莫里斯老宅其实就像一个宏大的寓言，它似乎已被无数书册淹没，看上去杂乱无章，但每本书都寄寓着主人的爱，放在该放的地方。只要我们展开回想，宅中每一处都有美妙的回忆等待我们发现：主人一生写作、旅行，积累了大量书册，书中还夹着信件；很多各类速写，不知来源于什么契机；一摞摞的留声机唱片，有很久以前的，也有新近发行的；家族中人的肖像，横跨好几代；我和伊丽莎白两人在半个世纪中收藏了各种纪念物，以纪念我们苦乐参半的人生。

不过，还是算了，摄影无法传达所有这一切的深厚内涵。我已等不及要和《纽约时报》记者吃午餐了。

第 106 天

读者也许已经看出来了，我非常喜欢寓言，不管它是着眼于宏大还是细微。今天上午，我忽然想到，2019 年 3 月的我们处于一个终极寓言之中。《牛津英语词典》中说，1382 年约翰·威克里夫[1]指出寓言"具有神鬼般的预知力"，我很赞赏他对寓言的这一定义。"神鬼般的预知力"开始让我感觉到，我们正在逼近万物毁灭的时刻。

英国（更别说英格兰）的末日近在眼前，这几乎是不存在疑问的。你还记得吗？不久以前，人们半崇敬、半贬损地提起所谓"权势集团"，据说是一个正邪难辨的神秘团体，成员来自政治界、经济界和文化界，一度成为英国统治阶级的中心。不管人们喜欢还是痛恨，"权势集团"看上去都无所不能，渗透了日常生活的各个方面；那时候，"权势集团"的掌控极为稳固，连法西斯主义和自由主义都不能动摇其分毫。

1　约翰·威克里夫（1328—1384），英国神学家、翻译家、作家。

现在，你还听说过"权势集团"吗？这个团体早已分崩离析，而且在我看来，随着这个团体的没落，给英国带来坚韧自信的那种内在凝聚力也逐渐消失。还记得吗？不久以前，大多数人认为英国在世界上的重要地位稳如泰山。可是现在，我听说大批英国公民移民去社会更稳定的国家，比如爱尔兰、挪威和新西兰，"大不列颠"的金字招牌逐渐褪色。

我更大、更迫切的隐忧，是我相信这个世界的末日即将来临。这不只是我文学创作中的虚构，不只是威克里夫（和我）通过"神鬼般的预知力"所得到的认知。这不是一厢情愿的猜测，而是经过科学认证的事实：气候变化、毒素污染、潮汐减弱、恐怖主义活动和核灭绝等都是迫在眉睫的危险，了解这些危险的人互相交流消息，而其余的人只是隐隐感觉到有一些不对劲。

这一切可能只是某种"神鬼般的预知力"，但在我的书中，这就是某种寓言。

第 107 天

让我们会心一笑，就当说晚安吧。今天下午，我站在克里基斯的海岸上，像往常一样欣赏海上日落和四周的小镇风光。海边的山上，14 世纪的卡那封城堡居高临下，无言地传颂着一代代威尔士国王、战士和民族英雄的丰功伟绩。旁边有一位可爱的美国女人，她是第一次造访此地。她伸手指着城堡说："请问那是新造的吗？"

我回答："造了有一阵了。"

第 108 天

在这个世界带着你我一头冲进 2019 年春季的时刻，我想你也和我一样，对于万事万物的感受徘徊在失望和怨恨之间。那么，我希望用一个词来形容这种总体感受。我作为一个还算多产的作家，一生中大概用过成千上万个词，其中用错的不知道有多少呢，不过，我从没用过"尖酸刻薄"这个词。也许现在可以用一下？是否贴切呢？

看来不行。《简明牛津英语词典》说"尖酸刻薄"的意思是"强烈嘲讽态度"，这不是我想要传达的。15 卷的《牛津英语词典》进一步将其解释为"一种贬抑他人的小家子气"，并引用了 1854 年的《旁观者》杂志[1]：索尔兹伯里侯爵对格拉德斯通先生[2]使用了惯常的"尖酸刻薄"口吻。

上述解释都不符合我的本意。我希望找到一个抽象名词来传

---

[1] 以政论为主的英国综合性周刊，创刊于 1828 年。

[2] 两人都于 19 世纪担任过英国首相。

达我对人类处境的总体认识，也许可以偏向神秘主义一些，但不要那么怨气十足。所以，我建议用"刻薄尖酸"。在"漫不经心的简·莫里斯词典"中，这个词的释义是"对普遍存在的混乱迷惘状态虽感到遗憾，但总体抱有善意的一种看法"。

这就是"刻薄尖酸"！请尽管用吧！

第 109 天

对我来说，每天写一篇日记正变得困难起来，这也无须隐瞒。一来是因为我年岁渐长，可写的东西越来越少，二来是因为从我所处的小小角落来观察，广阔的世界显得越来越一成不变。不过，我敢说任何写日记的人都会承认，每天记一点文字作为备忘绝对是一种精神享受。就算度过了极其无趣的一天，只要我坐下来写日记，无趣就变成了有趣；要是你这可怜的读者看了我的满篇唠叨之后也不觉得有什么趣味，那我也没办法啦！

我家楼下的图书馆里有一书架的日记作品，除了著名的塞缪尔·佩皮斯[1]日记，还有弗朗西斯·基尔维特[2]、乔治·奥威尔[3]、伊夫林·沃[4]等人的优秀作品。在我看来，这些日记作者都在日记

1　塞缪尔·佩皮斯（1633—1703），英国作家、政治家，著有《佩皮斯日记》，记载了 1665 年伦敦大火和随后的瘟疫。

2　弗朗西斯·基尔维特（1840—1879），英国教士，其日记中生动地描写了 19 世纪威尔士沼泽地的人民生活。

3　乔治·奥威尔（1903—1950），英国小说家、记者和社会评论家，代表作有《动物庄园》《1984》等。

4　伊夫林·沃（1903—1966），英国小说家，代表作有《旧地重游》（又译《布园重访》）等。

写作中得到了极大的精神享受——也许在他们眼里，写日记就是日后写书的一种试练。

不过，有时候日记作者像我一样以"雷打不动"的自制力聊以自慰。在我看来，沃尔特·司各特爵士[5]就是这样一位。1829年，他有一次好几天没有记日记，因此心灰意冷，"好几个月都没有写一篇新的"。

我可以理解他的沮丧心情，可是话又说回来，那段时间他也没有什么大事好记下来啊。等到他重拾信心，恢复写日记的习惯时，他回想那段停写日记的日子——确实不值一写！

可是"雷打不动"的自制力所带来的满足感毕竟凌驾一切，司各特爵士和我都不能抵挡。司各特爵士在书中写道："见鬼！被打败的感觉可不好受，好吧，我要振作起来。"于是，他重新拿起了笔，构思一篇新的日记，而我也和他一样，神气活现地坐回电脑前——如愿以偿地成为自制力的忠实拥护者。

5　沃尔特·司各特（1771—1832），英国小说家、诗人，代表作有长诗《湖上夫人》、历史小说《艾凡赫》等。

第110天

英国脱欧的政治困境让半个世界的人都忧心忡忡，我的朋友、熟人和普通读者，不管在身边还是远方，都给我发来消息，对我们英国人身处的混乱局面表示同情；苏格兰人和威尔士人虽然长期以来自认为在英国国内有一定独立性，但也免不了成为这种同情的对象。没有人能独善其身啊。

只有我亲爱的伊丽莎白，也不知幸抑或不幸，如今基本上处在老年痴呆症的封闭世界中。今天上午我看电视上连篇累牍地播放着各种有关英国脱欧的新闻，不由向伊丽莎白感叹，我们这个年纪的人恐怕到死都无法摆脱这件事所带来的影响了。她却笑呵呵地回答，什么脱欧不脱欧，她从没听说过呢。

英国脱欧和老年痴呆症——前者是现世的困境，后者是不测的灾祸，两者都是人生不可逃脱之痛。我和伊丽莎白两个人与世无争，只愿一生一世相伴，突然之间我们当中降下了一道奇怪的帷幕，各种琐屑的烦心事让我们长久以来的甜蜜关系蒙上了阴影。而且，在我们的关系中，我虽然只是老年痴呆症患者的伴侣，但受到的影响比患者本人更为严重。

也许有读者知道，不管爱有多深，和一个老年痴呆症患者一起生活是多么艰巨的任务！我猜，大多数人还能撑得下去。他们理解伴侣的处境，并不多加责怪，而且适当调整自己的行为。而另一些人则失败了。不管我多么努力，也只能成为失败者中的一员。因此，我遭遇了老年痴呆症最可怕的后果：传染性症状。

每当伊丽莎白的行为变得不可理喻而她自己又意识不到时，我就进入了一种特别焦躁的状态，看上去极为不通人情。我对她使用的字眼，我平常都觉得恶心；我对她采取的态度，那种粗暴完全不是我平日作风；我心里转着的念头，我事后想起来都感到羞愧。这就像一瞬间魔鬼上身，而我当了一辈子的不可知论者，这时候心里就会想：就算没有上帝，冥冥中也有一个狡诈无比的魔鬼吧……

万幸的是，我的魔鬼上身只是一会儿的事，而伊丽莎白看上去一点都没注意到。好了，现在我向你倾诉了这么一大篇内心忏悔，我就要怀着歉疚的心情带她外出吃午餐了。我问她想去哪家餐馆，她还是像以前无数次一样回答："多大点事，你来为我决定吧。"一听到她这么说，我承认我内心的魔鬼又开始狞笑……

不管怎么样，这顿午餐总还是能享用的。

第 111 天

今天迎来了初春，崔芬·莫里斯老宅周围水仙花到处盛开，4月1日愚人节近在眼前，一位美国老朋友寄来了一张《纽约客》封面漫画。漫画上，一只嘎嘎大叫的布谷鸟蹲在伦敦大本钟的钟面上，被弹簧带着扯进扯出。哎，这可不是玩笑，而是对我们英国现状的辛辣嘲讽。我们全体英国人（包括威尔士人和苏格兰人）无奈地跟随没完没了的脱欧谈判，一路上磕磕绊绊地不断遇到坎坷，就像被摆在大本钟上受到全世界嘲笑！

我想，我们现在必须承认英国处于历史的低谷。就在我短短的一生中，英国从辉煌的帝国地位跌落，曾经的志得意满、号令全球，如今成了美国讽刺漫画上一只贼眉鼠眼的报时鸟。我年轻时，何曾想到这一切？我们的父辈何曾想到？更别说维多利亚时代的祖父辈了！

我求这位美国朋友不要哪壶不开提哪壶了，他表示理解，并发表了一通有关美国总统特朗普的意见。

第112天

今天，我忽然想出去和遇到的每一个人打招呼，这想法虽然令我略感尴尬，但我还是去海边林荫大道进行我的每日例行千步走，用门德尔松《婚礼进行曲》的欢快曲调作为我的走路节拍。当我在脑中奏响"新娘驾到"，我就大踏步往前走，同时带着谄媚的笑容向每一个人点头致意——这样，我从一开始就感到全身充满了活力。

不过，"新娘驾到"不一会儿就让我腻味了，而我怎么也想不起来这首欢快乐曲的下一段是什么。刚才说了，我太过热情洋溢，到了招人厌烦的地步：我一边走路，一边拦住每一个从对面过来的行人，唱出乐曲第一段，然后大声用夸张的语调问他们知不知道接下去的曲子。行人反应不一：有人遇到这样不靠谱的搭话极为诧异，有人略感不悦，有人难以置信，不过据我估计，大部分人都感到有点好玩。只有一对中年夫妇十分认真，他们仔细思考后给了我答案，那曲调比较复杂，我后来发现是正确的，还和瓦格纳有关呢。

我希望我对早上碰到的行人保持了礼貌，并表示了适当的感谢，不过，现在我独自一人坐在安静的书房里，我感到我早上的所作所为着实令人讨厌。我本来就不喜欢那种随便跟人打招呼的人，尤其那种人就是我！

第 113 天

现在是 2019 年 3 月，你如果年纪足够大，也许会记得，对地球上几乎每一个人来说，每一天都是倒霉的一天。昨天就是倒霉的一天，我还卷入了一场闹剧。我把我的本田 R 型开去一个修车铺做外观整修，也许是这辆老破车的最后一次了；虽然从机械上来看，这辆车完全没问题，但车身遍布各种刮擦痕迹，有的地方还生锈了，我对此深感羞愧啊。

修车铺的人好心借给我一辆蓝色的小型雪铁龙供我临时使用。一上午跑下来，这辆车还很好使，所以我决定带伊丽莎白去离家几英里远的一家购物中心，那里的咖啡不错。一路上，我小心翼翼地开着雪铁龙，这辆车虽然看上去有点陌生、复杂，但我还是平安无事地开到了咖啡馆，停在空荡荡的停车场里。

正在我们打算开门下车的当儿，真没想到，我们被锁在车里了！不管我们怎么拉门把手、上下扳变速杆、乱按各种按钮，车门就是打不开。后来好不容易又开来一辆车，车上一对夫妇看见我们被锁在里面绝望地打手势，一边笑，一边从外面打开了我们的车门。

好吧，如果没有下面的事，我们对刚才的遭遇还能一笑了之。等我们喝完了咖啡，回到雪铁龙上，不管我们怎么转动把手、拉变速杆、乱按各种按钮，发动机就是无法启动。我们是出来喝咖啡的，身上只带了一点硬币，我还把装着修车铺名称、地址信息的手提包放在家里了。这下，我们只好回到购物中心，喝了一杯又一杯咖啡……

我们被困在这里了，难道不是吗？我们俩不知所措，可是这一切逐渐演变成了一幕喜剧。不但咖啡馆的工作人员帮助我们，其他顾客也加入进来，给我们出主意，为我们找电话号码、找人求助，问我们车出了什么故障，等等。最后，不知道谁的求助起了作用，借我雪铁龙的那家修车铺派来了两个技工，他们经过长时间的调试和检查后，终于让发动机转了起来。这时，我们已经和咖啡馆里的众人交上了朋友，大家一片欢声笑语，购物中心还免费赠送我咖啡和三明治。问题解决了，我们开车回家，归途中我全神贯注地开着这辆娇贵的小汽车，心里还不停向上帝祈祷，希望这下可别按错了什么按钮，踩错了哪个踏板。不过等我们安全到家时，我亲爱的伊丽莎白早已把这次经历忘得一干二净啦……

现在，整修一新的本田 R 型已经停在院子里，对我展开了笑颜。

第 114 天

对人类（以及所有动植物）的每一员来说，这个世界就是无边的苦海，因此我今天早上想到，也许世界上的一半人都希冀天降救世主。至少在英国是这样：只要我们年纪足够大，我们就会回忆起英国在"二战"后的辉煌岁月，战争胜利给我们带来无上荣光，充满希望的未来让我们精神百倍。当然了，其中有一部分只是我们年少的幻想，不过这怎么说都不是骗局：英国在新成立的联合国中占有重要地位，并建立了富有前瞻性的英国国家医疗服务体系，大不列颠看上去蒸蒸日上，而当时我们英国人，不管年龄大小、世故与否，都认为一位救世主赐予了我们这一切。

就算你嗤笑我，我还是要说，我仍希望温斯顿·丘吉尔统领英国。现在的人往往把丘吉尔视为言行粗鲁的民族主义战争贩子，他的确存在某些盲点，对某些事物持错误的歧视态度，可是他这个帝国主义者偏偏能够在大英帝国统治印度的极盛时期撰文批评帝国的种种弊端："帝国主义的肮脏道路"和"卑劣的野心"。简而言之，他心口如一、文雅有礼、具有艺术气质，从不讳言自身错误,同时富有勇气和天分,是个令人愉快的绅士。既然大家已经不再相信"上帝显灵",那么我认为现在遭罪的英国人所需要的救世主就是这样一位:心口如一、文雅有礼、具有艺术气质,从不讳言自身错误,同时富有勇气和天分,一个令人愉快的绅士!

大家还有别的候选人吗?

第 115 天

2019 年的第一批羊羔已经出生。这些可怜的小东西！它们扭头看了看四周，一分钟也不想多等，马上逃回母羊怀里吃奶。

第116天

　　大家常说，良心使人怯懦；的确，良心把我变成了窝囊废。

　　最近我因为各种原因收到了很多邮件。我的上一部思想日记出版后，大量读者给我写信、发电子邮件，谈他们的感想；还有很多人写来暖心的文字，鼓励我勇敢面对老年痴呆症，老年人对我倾诉他们的感受，和我素昧平生的人向我表示衷心的祝福。总之，在我看来，半个世界的人都在每天上午向我发来消息，而我就在每天下午回复他们，然后有一天，我停了下来，不高兴回复了。

　　良心就像一个忠诚的谋士，注意到了我的怠懒无能，要让我受到悔恨的折磨，却徒劳无功。我当然知道我应当回复那些好心人的来信，我当然也知道，如果我花些工夫，就能找到那些来信人的地址，并写回信表示感谢，可是不行，我是个窝囊废，一个磨磨叽叽的窝囊废。

　　我心中的魔鬼探出头来，诡秘地笑着说："谁叫他们写信来的？"魔鬼的确有几分道理，不是吗？可是我的良心鼓足了勇气，奋力反驳道："退我后边去吧！"[1] 所以，我现在坐了下来，写这篇自我辩护……

1　这是《圣经》中耶稣对魔鬼撒旦说的话。

第117天

"老虎"伍兹是著名的高尔夫球运动员，我与他并不相识，今后肯定也不会有这个机会，但我倒是挺喜欢他的。我当然极为敬佩他的专业水平和比赛毅力，但更大的原因是我喜欢他这个人。我喜欢他的举止风度，而且他以自己的成就证明了种族歧视是多么荒谬、无耻，这更让我折服。当他举起高尔夫球杆准备击球时，只有鄙俗的草包才会因为他的肤色而乐得尖叫或怕得打抖。总的来说，即便一个草包也会同意，在他挥杆击球的那一刻，人格魅力尽显无遗。

不可否认，历史和环境造就了顽固的种族偏见，曾经的美国南方蓄奴制和英国帝国主义行径只是这些种族偏见的成因之一。现在，仍有许多不学无术、顽固不化的人四处宣扬有关种族的白痴理论，令人心寒。正因如此，"老虎"伍兹成了我心目中的大人物！

第118天

昨天，巴黎圣母院着了火，虽然没有烧成废墟，但是大火吞噬了很多历史古迹。今天，整个世界都在庆祝这座古老建筑幸免于难，并对火灾造成的巨大损失表示惋惜。（当然，总免不了有些厚颜无耻的人靠这一事件来狠赚一票、增加知名度或在社交媒体上发一些无聊的话。）并不是每个人都喜欢法国和法国人，也不是每个人都到过巴黎，但在我看来，今天的巴黎圣母院之所以让我们崇敬、向往，是因为它仍有一种精神——算不上一种信念，而是一种理念或本能。

至少在这一次，因为巴黎圣母院的火灾，全世界人民团结在同一个神秘召唤之下。也许那就是上帝的召唤；他在人间拥有无数教堂，现在其中的一所在火灾中彰显了一种精神，让全世界人民团结一心、踊跃为善，那么他一定很高兴吧。阿门！

第 119 天

如果你愿意读下去的话，接下来是一段奇妙的回忆。今天，一个可爱的小男孩随父母来到崔芬·莫里斯老宅，他在厨房里东瞧瞧西看看，发现了一个"母鸡孵蛋"蓝色瓷雕，便拿起来把玩。这时，我听见他恍然大悟的笑声传遍整个房间：原来，母鸡身子下面的不是鸡蛋，而是玉米片！

这笑声马上令我想起了五六十年前的一段往事。那时我在美国华盛顿，被导游带着游览白宫，旅游团里的一位团员在观赏壁橱里陈列的总统专用瓷器时，发出了同样恍然大悟的笑声。她大声说，"可不，那盘子豁了口！"这句话至今仍回荡在我脑海中，今天小男孩的发现仿佛把它引了出来。

鸡蛋和总统专用瓷器——人生的片段回忆，虽然看似飘忽不定，但总要顽强地时不时冒出来呢！

第 120 天

今天早上，我的一位好朋友给我打来了电话。她是我的同龄人，电话中的口吻十分轻松愉快；但是现今的普遍情况下，轻松愉快都是装出来的。她像以前一样先和我闲聊了一大通，然后慢慢地把话题转到她真正要说的：我和她的一位共同朋友昨晚去世了。

相信我，等你到了我这年纪，丧钟随时会在耳边敲响。像我这个年纪的人，往往自己也思忖着，活这么久到底值不值得。通常情况是，我们"老得不中用了"，甚至"老得忘了自己叫啥名"。我知道，这种消极沮丧的论调，我已经在这本日记中表露得太多了；所以，我现在发誓，我绝口不提"安乐死"这个词——至少在我出门进行每日千步走之前！

第 121 天

一个人不管有什么宗教信仰，甚至没有宗教信仰，都应该庆祝复活节。2019 年复活节的早晨，这个举世欢庆的一天给我们带来了什么样的头条新闻？

> 斯里兰卡三所教堂、三家酒店连环爆炸，至少 100 人遇难，数百人受伤。

在这个举世欢庆的早晨，看到这样的新闻，我还有什么可写？我只能说，我亲爱的伊丽莎白就出生于斯里兰卡，并在那里度过了快乐的童年，当时该地还是殖民统治下的英属锡兰，这真是有点讽刺啊……她正坐在阳光斑驳的花园里，还不知道她的出生地在复活节当天发生了这样的惨案呢。

我觉得我还是不要告诉她吧……

第 122 天

　　昨天，我采取"不问世事"的态度，决定不向亲爱的伊丽莎白透露有关斯里兰卡爆炸惨案的消息；今天，我不无羞愧地承认，我已 93 岁高龄，早已跟不上时代的变化，甚至连理解都不能！网络世界的专业术语固然是我不能索解的了，外交事务、经济形势和政客鼓吹的各种坑蒙拐骗也让我摸不着头脑。那些社交媒体上的芸芸众生，一天到晚追捧的都是些什么"网红"人物？那些所谓"网红"究竟是好是坏，还是纯粹的无聊玩意？委内瑞拉大选值得关心吗？华为公司是哪个国家的？网飞（Netflix）是什么？世界各地不停传来悲惨的消息：暴行、饥荒、贫穷、不公，挨饿的儿童、流泪的母亲、流离失所的家庭和心如死灰的老人。这让我的感情都麻木了啊！

　　昨天，我还能"不问世事"。那么明天呢？

第 123 天

    亲爱的读者，如果你也像我一样爱写点东西，而且到了和我差不多的年纪，那么请务必注意，这件事也许会让你有点郁闷。我近来十分爱读我自己的书，简直到了上瘾的地步。有些书令我洋洋自得，有些书令我羞愧难当，还有些书我自己都忘了；不可否认的是，这些书对我来说就像旧相识，与它们重逢让我心里暖洋洋的。其中最早的一本书出版于 1956 年，写的全是美国；最近的一本书出版于 2018 年，写的全是我自己。

    有些书的内容，我多少还记得一点，而另一些书啊，我真希望从脑子里驱除出去。不过有什么办法呢，人生总有顺心事、烦心事和闹心事！

第 124 天

　　文字的力量使我着迷。迄今我从未用过"最低点"（Nadir）这个单词，不过我一直对它十分欣赏：这个单词是那样简洁而优雅，不事雕琢，自成一体，带着古典阿拉伯语的独特风味，而它的英语同义词"谷底"（rock bottom）则显得那样粗俗浅薄、让人心灰意冷啊！

　　今天早上，我就经历了我的"最低点"。根本不用分析原因，你就相信我好了：在我的整个人生中，从个人生活到社会交往，从财务到心理，乃至我能想象到的一切，都是前所未有的悲苦凄凉。可以这么说：流年不利，今天就是如假包换的"最低点"。

　　可是谁能想得到呢，事情还有转机。今天下午，我查词典时发现了一个具有强大疗愈功能的单词"灵丹妙药"（Elixir），它神奇地抚慰了我的心灵。这个单词同样来自遥远的阿拉伯，也是我从未用过的，它就像一剂魔法药水，给我带来了希望和酬谢的允诺，奇迹般地让我为之精神一振。灵丹妙药！我在享用下午茶时细细品味它的字形字义，现在怀着感激之情使用它，并且盼望以它来形容我所知道的一切，从而抵消"最低点"的影响！

来吧，"最低点""灵丹妙药"！至于你，"谷底"，退我后边去吧！

第 125 天

今天一整天的活动，我忽然想到，就是一位老年作家在初夏威尔士的日常啊。具体如下：

黎明前猫头鹰不停地大叫，吵醒了我。从露台上可以看见今年的第一批燕子飞来了，不过斯诺多山上还覆盖着积雪。早餐时，一架孤零零的"台风"战斗机从附近的英国皇家空军基地飞来，在我们头上低空盘旋，显然是为了防备外敌入侵；就像平常一样，我十分羡慕那个飞行员。

早上的邮件中有一张版税支付单，那是我在 1968 年写的一本书，现在出了中文版。另外还有一张通知，详细说明如何参加即将到来的欧盟选举。一位熟人说我有一处引文错误，并取笑了我一番。一位陌生读者来信说，他打算下星期找个上午时间来崔芬·莫里斯老宅拜访我，希望不致叨扰。

上午，一位好心的熟人敲开了我家的门，给我送来一罐自制橘酱；这橘酱是按我喜好的浓稠度调制的，味道相当不错。下午，几个精神十足的亲戚小孩上门，在屋里屋外玩球类游戏，技术一流。他们互相用威尔士语交谈，很可惜我对这门本土语言已经快忘光了，完全听不懂，但是他们十分体贴，只要我问起，就为我翻译。一群奶牛踱过来挤奶。

整个白天，我抽空去克里基斯海滨林荫大道进行我的每日千步走、回复邮件和电话、写这本日记、读几页《战争与和平》；在宁静的傍晚，我和伊丽莎白吃一顿从超市购买的即食晚餐，然后百无聊赖地拿着电视遥控器不停换台，希望能找到有点意思的节目。

每天上床前，我总要出门看会儿星星。闪烁的群星在天幕中平静而温柔地对我道晚安，令人有泠然出尘之感，而我的一天也在星光的抚慰下结束。这一天起起伏伏，有舒畅也有悸动，有欢笑也有失落，但没什么特别重要的事。总之，就是一位老年作家在 2019 年初夏的威尔士所度过的寻常一天。

第 126 天

今天阳光灿烂，我家院子和花园上空，巨大的西克莫槭亭亭如盖，现在看上去特别慈祥、自信。我一直对这株西克莫槭抱有感激之情，因为对我来说，栽培植物的乐趣在于享受其荫蔽。

初夏的大自然，色彩极为悦目：河岸上、灌木丛中满是鲜艳的蓝、黄、粉色，大片大片的十分显眼，在车道两边毫不羞赧地展示风采。正是那株巨大的西克莫槭带来了这一切，而这一切景色中蕴含了喜怒哀乐、成败得失的无穷可能性，进而给了我"下笔如有神"的魔力。

比如，西克莫槭的树叶遮天蔽日，从地面往上望，可以看见远处阳光透过树叶形成的剪影，仿佛远方国度中人们在生活、恋爱，那里还有奇形怪状的蛇和独角兽。

还有，再往脚下看，在西克莫槭根部，潮湿、阴暗的草丛中，有什么事情正在发生，谁知道？蠕虫在忏悔，甲虫在开战，也许还有科学家尚未认识的奇特蛞蝓或毛虫。谁知道呢？在西克莫槭的广阔荫蔽下，我们瞥见神秘世界的一角，只能猜测并惊讶一番，而这棵久经风霜的老树却对此不屑一顾，只是平静地巍然耸立；我希望，对于身边的生命万花筒，不管存在于现实还是梦境，它至少是饶有兴味地观察着吧……

　　我的想象力又把我带偏了，我究竟在说什么？我一定是老了。

第 127 天

昨天，我写完第 126 天的日记时，差一点就决定将那一篇作为全书结尾，写上两个大字"剧终"或者大喊一声"先生们，打烊了！"[1]。安德鲁·马维尔[2]在诗中提出，生活之路不妨以一棵树为终点，从此不再辛苦忙碌；我很认同这一看法，因此昨天的西克莫槭就可算作一个终点。可是，不行！我记得马维尔还说过，每个人的生活都是精彩纷呈的生活，那我就继续吧。

今天上午阳光明媚，我就来写一下感恩。现在，我身体平衡性堪忧，走路都拄着手杖，这本是公开宣示我年老体衰，大家却都体谅我、关照我，让我心里暖暖的。不但我的威尔士同胞对我亲切照顾，而且不管我走到哪里，遇到的陌生人都为我提供帮助。大型卡车在我面前猛地停下，让我过马路；流里流气、不修边幅的年轻人主动为我开门，长得凶神恶煞的汉子扶我上台阶；

1　英国传统酒馆结束一天营业时，酒保常喊出这句话，催促顾客离开。

2　安德鲁·马维尔（1621—1678），英国诗人，代表作有《致他羞涩的情人》《花园》等。

就连看上去不太好惹的大妈都允许我插队!

对这些好心人,我无以为报。我根本不可能再次碰到他们。我的手杖宣示我年老体衰,而他们慷慨相助,遵从了本能的善心,也证明了我的观点:四海一家,人心向善。

第 128 天

我认识的最高尚的人之一是一位非国教派牧师,他差不多是我这个岁数。以我的不可知论观点来看,我们俩都可以从这个世界卷铺盖走人啦。当然,他是一位虔诚的基督徒,在其传教事业上仍十分活跃,肯定不会赞同我的看法。

和旁人一样,我极为仰慕他和他的夫人。他们度过了充实有意义、光辉灿烂的一生,但也不无忧愁叹息;作为一个事事较真的怀疑主义者,我认为他们通过躬行其信仰,很好地证明了行动胜过说教。

很不幸,上星期这位好牧师终于身体不支,被送进了医院,我听到这一消息,倒也并不感到惊讶。虽然他是上帝的神圣仆人,但是在我看来,坚定的信仰或高尚的品格并不能驱逐死神,所以他住院了又有什么可大惊小怪的呢?我给他的夫人打了两次电话,结果都和我预想的一致:再虔诚的基督徒,也不能免于自然规律啊。我后来又打了两个电话,似乎他离死神的召唤越来越近了。可是,我打第五个电话的时候,情况不一样了。电话中传来的声音听上去若无其事，甚至有点轻松愉快——这不就是我的牧师朋友本人吗？他不但活得好好的，没有一丝悲观绝望的心情，而且出院回家后更加坚定了对基督教的信仰，更加相信教义中所说的天堂与来生。

这位牧师朋友最终还是会像你我所有人一样撒手西去，但那个下午我听到他的愉快语气时，确实对自己的怀疑论产生了一瞬间的动摇……

第 129 天

　　我得承认，我每天早上起床的难度是一年甚于一年，但我想办法改换为一种老派美式风格，就让起床这苦差事变成了乐事。

　　说起来，这还要追溯到我遇到的第一个美国人呢。近 80 年前，第二次世界大战快结束的光景，我在布里斯托尔的一家报社担任临时记者，希望以此为契机加入英国陆军。这座港口城市备受战火蹂躏，有一天，一个来自纽约的巡回演出团体到访，献上了美国陆军的动员演出，以鼓舞盟军士气。我受《西部日报》委派，采访该演出的制作人，就这样和欧文·柏林[1]有了一面之缘。

　　他就是我平生遇到的第一个美国人。我这个初出茅庐的记者在采访时洋相百出，他却风度翩翩，宽厚以待。直到今天，他仍是我心目中美国公民的理想典范。他最早是纽约一家中餐馆里一个爱唱歌的服务员，经过不断打拼后，成为著名的作曲家和歌词作家，他创作的歌曲一直受到全世界人民的热爱并传唱至今，我

1　欧文·柏林（1888—1989），出生于俄罗斯的美国作曲家。

的图书馆里就收藏有他创作的几百首歌曲呢。

这几百首欧文·柏林的歌曲中，我拿来用作我的"起床号"的就是他当年在布里斯托尔演出的那一首。这首歌用轻快的曲风告诉战友们，每天早上吹着军号叫醒他们的那个讨厌家伙，终有一天会自食其果，代替大家死在战场上。

我当然不会那么残忍，希望别人代替自己去死。这欢乐中带着几分嘲讽的歌词，再加上动听的旋律，每天早上唤我起床，让我一睁眼就想唱歌，好像音乐使我变得年轻。同时，歌中带有一种独特的韵味，那就是欧文·柏林的风格，即老派美式风格：那时，美利坚合众国尚处于黄金时代，它血气方刚，自信满满，每天早上和朋友们一起唱歌呢。

第 130 天

威尔士特质面面观

人们热爱威尔士，这固然可喜可贺，但其中也有令人不解之处。大家都知道威尔士人对自己的威尔士特质十分自豪，可是，自诩拥有威尔士特质的人也很难说清楚，他们这种自豪感从何而来。威尔士到底有什么特别的？是山水风光？是人文历史？还是威尔士语？其实，现在很多威尔士人的居所平淡无奇，甚至可以说是令人作呕，而且大多数威尔士人已经不太会说威尔士语了。

那么，威尔士特质在抽象意义上的本质究竟是什么呢？这一本质为什么能够活灵活现地表现出来呢？莎士比亚在剧作《亨利五世》中塑造了一个典型的威尔士人弗鲁爱林，他不忘提醒读者，这个角色看似气势汹汹，其实具有强韧的性格。威尔士人常以"hiraeth"来概括威尔士特质，这一单词在词典中的释义是"期盼"或"念旧"。而在我看来，威尔士特质更微妙、更复杂，是一种全民族的嗜好；我拥有一半威尔士血统、一半英格兰血统，这就给了我一种跨越民族界限的角度，来思考威尔士特质的种种绝妙之处……

地理因素当然是威尔士特质的一个重要方面。从某种意义上来说，威尔士是一个岛，一个"不是岛的岛"。它三面环海，一面接着英格兰，其居民开放包容，并不具备"岛民"的狭隘心态。威尔士人热爱家乡的感情十分强烈，但不致蜕变为种族主义，当然，因为英格兰游客无孔不入，威尔士人难免对英格兰人有点意见。威尔士人普遍欢迎外国人来访，有时甚至对外国人怀有崇敬之情。在北边的克里基斯，18世纪女孩们热衷的是21点扑克牌游戏；在南边的加的夫，虎湾黑人社区繁荣发展至今；在以基督徒为主体的威尔士社会中，许多上进有为的犹太人取得了成功。当然了，威尔士也存在偏见和歧视——哪儿没有呢？一百年前，虎湾就发生过种族骚乱。不过，威尔士特质中并不包含偏见和歧视！

也许我们可以这样认为：威尔士特质本质上是一种理念，或诸多理念的一种精粹；几百年以来，经过历代传承，这些理念已强大到能够创造意象、塑造感情、决定行为、生成历代相传的文化象征。威尔士特质蕴含着语言和山川的力量、历史传说的魅力以及一体同心的兄弟情谊对于人心的永恒召唤。威尔士的基督教圣人、足球运动员、诗人、巫师、山羊、矿工、歌唱家、仙女和魔法故事——这些都体现了威尔士特质，都会永远与我们同在，而我们这些威尔士人则沉迷其中。威尔士，我们父辈的故土！古老而辽阔的威尔士不但风景秀丽，而且孕育了顽强不屈的精神，它的人民还很有幽默感呢。

这样的家乡，怎不叫人沉醉？

译后记

　　2020 年的一天，我多年的朋友、东方出版中心的编辑戴欣倍女士找到我，向我提及一个陌生的名字：简·莫里斯。她介绍说，莫里斯是一位著名的英国作家，年轻时当过记者，跑遍了大西洋两岸，报道过人类首次登顶珠峰，撰写了大量纪实作品和城市游记，退休后隐居在威尔士老宅中。她央我翻译莫里斯的"思想日记"，就相当于每日一篇的闲适随笔。我发现这位作家的文字诙谐有趣，很合我的口味，便接了翻译任务，这就是 2021 年 1 月引进出版的《心之眼》。随后，我又顺理成章地开始了续篇《再度思考》的翻译工作。机缘巧合之下，我竟有幸将简·莫里斯的最后几部作品介绍给了中国读者。

　　莫里斯的"思想日记"字里行间充满了英国人的独特幽默感，常让我在翻译之余忍不住会心微笑。有时"明修栈道，暗度陈仓"，把读者转得五迷三道，却在最后抖个大包袱，让人笑得喷饭；有时装疯卖傻，故作愚钝之语，偏偏穿插着几句至理名言，让读者惊掉下巴，好像看见作者狡黠地一挑眉毛：上当了吧？英美文学中常见的反讽、反高潮等修辞手法，在莫里斯的文字中得到了教科书式的展现，给她的细腻描写和温馨叙述增添了一份别样的锐利。莫里斯对世界的看法总体上是偏悲观的。每天早上的新闻总是让她对人类丧失信心，英国"脱欧"的前景也让她忧心忡忡。因此，她不但无情嘲讽英国首相，还时常拿当时的美国总统特朗普开涮。虽然这些插科打诨并无助于让这个世界有所改观，但毕竟使大家的心情变得轻松一些，能够露出一丝苦涩的笑容吧！

的确，莫里斯努力用她的俏皮话来消解人世的悲伤，使气氛不要显得那么沉重。她当时年届九旬，死神正在她的床边徘徊，她却以强大的自嘲精神，拿自己的死亡开玩笑，让读者仿佛看见这位瘦弱的老人仍然昂首挺胸，振作最后的精神，拭去脸上的泪水，扭头对死神做个鬼脸：来抓我呀！

"有的人在笑，有的人在哭，但是他们都在走着我的老路。"在莫里斯看来，所有人营营役役，却都在奔赴"人类存在中某个不可捉摸的神秘入口"。也许在那个神秘的地方，我们会再一次遇见这位睿智的老人。

不管怎么样，请保持微笑！

梁瀚杰

2022 年 7 月 9 日